U0855857

こころ

心

〔日〕夏目漱石·著

岳灵◎译

中国妇女出版社

图书在版编目（CIP）数据

心 /（日）夏目漱石著；岳灵译. --北京：中国妇女出版社，2017.9

ISBN 978-7-5127-1437-3

Ⅰ.①心… Ⅱ.①夏… ②岳… Ⅲ.①长篇小说—日本—近代 Ⅳ.①I313.44

中国版本图书馆CIP数据核字（2017）第091258号

心

作　　者：〔日〕夏目漱石 著　岳　灵 译
责任编辑：肖玲玲
封面设计：尚世视觉
责任印制：王卫东
出版发行：中国妇女出版社
地　　址：北京市东城区史家胡同甲24号　　邮政编码：100010
电　　话：（010）65133160（发行部）　　65133161（邮购）
网　　址：www.womenbooks.cn
法律顾问：北京天达共和律师事务所
经　　销：各地新华书店
印　　刷：北京通州皇家印刷厂
开　　本：150×215　1/16
印　　张：20.25
字　　数：160千字
版　　次：2017年9月第1版
印　　次：2017年9月第1次
书　　号：ISBN 978-7-5127-1437-3
定　　价：36.00元

目录

上部　老师与我　·001

中部　父母与我　·111

下部　老师与遗书·167

上部

老师与我

1...

我还是使用“老师”这个称呼吧，我一直是这样叫他的，从未叫过他的本名。这倒不是担心会有什么流言蜚语，实在是那个本名用着不习惯，而缩写的姓名符号又让人觉得冷漠而疏远，所以我还是选择用“老师”这个词来称呼他吧。

第一次遇见老师是在镰仓。我那时还是个青涩的在校生，暑假里没有回家，正巧接到一位朋友发来的电报，要我一定要去镰仓，和他一起洗海水浴。我花了两天时间筹集这一趟旅行的费用。谁知我到达镰仓的第三天，他却接到老家发来的电报，说是他母亲生病了，要他赶快回家。我的朋友有些不相信。他说之前父母曾逼着他结婚，但他还没到结婚年龄，并不想结婚，最主要的原因是父母托人介绍的那个女子并不是他中意的，他当然不结了。他暑假不回家，跑到镰仓来玩，其实就是为了逃避父母的逼婚。现在，家人居然发这种电报催他回家，他给我看了电报并问我怎么办。可我也不知道该怎么办啊！万一他母亲是真的生病了，那他理应回家才对。最终，我的朋友还是回家去了。

专门来镰仓找朋友玩的我，一下子又形单影只了。此时，离学校开学尚早，我还不想那么早回去，所以每日只是一个人自由自在地到处晃荡。

我在镰仓的住处简陋偏僻，朋友走后我并没有搬往别处。我朋友的父亲在中国做大生意，所以他从来不为钱的事儿发愁。只是他现在年龄尚小，再加上还在上学的缘故，所以吃穿住行和我们差不多。他走后我就一个人支付小旅馆的租金，好在租金不高，也就省去了另觅住处的烦恼。

不过，这里买东西可真不方便。比如，要想赶时髦吃个冰激凌球，须得穿过一片长长的田野，去另一边的热闹之地才有。公交车倒是经过这里，但是得花2毛钱的车费才能到达，可真不近啊。周围几乎什么也没有，只是稀稀拉拉盖着几栋富人的别墅。不过，好在离海边近，洗海水浴非常方便，我每天都去海边浴场。

海边有一些破旧的用稻草铺就屋顶的房子，远远看去有一种人烟寥落的错觉，但是穿过这些房子可就大不一样了。那边就是大海。海边沙滩上经常有很多人，非常热闹，基本都是城里过来的人，有专门来避暑的，也有来度假旅游的，总之都很喜欢这片海水浴场。他们总是四处跑动嬉戏。有时，浅水区的海面上会挤满了人，像澡堂子一般嘈杂拥挤，简直可以用万头攒动来形容。

在这里，我一个人也不认识，也就不必想着要去跟熟人打招呼，而是自由地穿梭于人群中，有时我会躺在沙滩上远眺，有时会随着人群下到海里嬉戏一会儿。总之，我每日里都是悠闲自得、随心所欲。

遇见老师时，我正在这样一个欢腾热闹的海滩上，具体一点儿说——是在一个拥挤的海边的茶馆里。

镰仓的这片海边总共有两间茶馆，我习惯于去其中的一间。这里的茶馆不像别处海滩的茶馆，人们除了在这里喝茶休息之外，还可以在这里更衣，因为这片海滩没有专门的更衣室，而茶馆里设有公共更衣室，从海里游完回来可以在这里清洗身上的盐分，可以更换和清洗泳衣，还可以寄存帽子和伞等小物件。我带的衣服并不多，因为怕丢，每次下海前都会将脱下的衣服寄存在这间茶馆里。

2…

在海边遇见老师的时候，他正在脱身上穿的和服，准备下海。而我刚刚从海水里湿淋淋地迎着风走上岸来，准备去那间茶馆清洗身体。我和老师之间隔着人头攒动的人群，如果没有什么特别的事情发生，我们也许会就此错过吧。

然而，尽管这样漫不经心，我的目光却在万人之中一下子落在了老师的身上。

老师当时正和一个肤色很白的外国人在一起。那个外国人很容易吸引周围人的注意。我就盯着他看了一会儿。说实话，像他这样赤裸着上身、下身只穿一条裤衩就站在大家面前的人，实在太稀奇了，在我们这些人看来简直有点一丝不挂的尴尬。他走进茶馆后将和服随手扔在身后的长凳上，双手抱臂面向大海站立着。

其实，我前一阵子还去过由井的海边，那里也有外国人，我专门蹲在一处高高的沙丘上观察过，从宾馆里出来准备下海去的那些外国人并不是这样的，最起码没有只穿一条裤衩的。大部分男人洗过海水浴后都没有露出胳膊、大腿和身躯，女人更是不必说，将身体裹得很严实。而且，在那里游泳的人都戴着泳帽，一眼望去，海面上一片五颜六色的景象。

这个外国人实在稀奇得紧，他在我常去的那间茶馆门前站了一会儿，扭头看了看身边的那个日本人，他们之间似乎说了一两句话。那个日本人的毛巾掉了，便弯腰用手去捡，捡起来就利索地包在头上，向大海走去。

那个捡毛巾的人正是老师。而我一直装作若无其事的样子看着他们，看着他们穿过离我不远处的嘈杂人群，穿过沙滩，并排走下海，走到宽阔处开始向远处游去。随后，他们的身影渐渐远去、变小，隔了一会儿，又折游了回来，没有停留，径直上了岸，回到茶馆。他们不像一般人那样用茶馆提供的井水清洗身体上的盐分，而是直接擦干净身体，穿上衣服就匆匆离开了。

我坐在茶馆的长凳上，默默地吸着烟。这种擦肩而过的遇见让我甚至忘记了要去冲洗自己的身体。我一遍又一遍地回忆老师的脸庞，好似以前在哪里见过，极力去想却又想不起来。

到底是什么时间在什么地方见过呢？为什么会有似曾相识的感觉？也许是我真的很想知道，也许只是我自己穷极无聊想要打发时日。总之，第二天我计算好时间，又去了那间茶馆，期待能与老师碰面。

这次，那个外国人没来，老师一个人来了。我记得很清楚，他摘下眼镜转身放在后面的柜台上，将泳帽戴在头上后，就大步流星地向海边走去。还像昨天那样，他穿过满是游客的嘈杂海滩，径直向深水区走去。我赶忙从后面紧追了上去，简直都有点顾不上别的了，一头扎进深水区，朝着老师的方向游去。我以为老师会折返回来，我们会在深水区单独相遇。但是，老师并没有折游回来，而是向另一边游了过去，然后游了一个奇怪的弧线，游回浅水区上了岸。我追不上他，只得一个人甩着湿漉漉的头发重新回到茶馆。而此时老师已经穿戴完毕，从茶馆里出来准备回去了。他依然是大步流星，脸上依旧是那种超然的神情。

3...

我很渴望能够认识老师，能够了解那张似曾相识的面孔的主人。所以，第三天，我又来到海边。在相同的时间、相同的地点，老师果然出现了。很显然，他是一个不善交际的人，我们之间还是没有机会交谈，连搭讪的机会也没有。老师总是独自一人来，又独自一人走。对于海滩上的热闹喧嚣，他完全无动于衷，仿佛置身其外。而且先前跟他一起来的那个外国人再也没有出现。他那种桀骜的超然姿态令人望而却步，但是我无法阻止自己对他的好奇。我们之间一连几天都重复着擦肩而过的情景。

终于，机会来了。一天早晨，老师还像往常那样从海里游完泳来到岸边，径直穿过沙滩走到茶馆，他的和服就在那里的长凳上放着，可能是和服上面沾上了沙子，他拎起来抖了抖，结果不小心将放在衣服下面的眼镜碰到了地上。他并没有察觉，等套好袖子，紧了紧腰间那条有淡蓝色花纹的和服腰带，伸手要从凳子上拿眼镜时才发现眼镜不见了，急忙弯下腰去找。这对于我来讲，简直是天赐良机。彼时，我正坐在附近，于是迅速走过去弯腰帮老师捡起掉在地上的眼镜，递给老师时，他朝我看了一眼并说了声“谢谢”，然后就离开了。

因为有这样一次简短的接触，第二天，我就径直跟着老师下了海，并且和他向同一个方向游去。这一次，他并没有自顾自地游，而是转过头来向我打了声招呼。我确信他是对我打招呼的，因为周围没有其他人，宽阔的水面上就只有我们俩。我一边回应一边向老师靠近。

阳光洒在海面上，随着波涛起伏跳跃，偶尔会连成一片。我感觉自己像条鱼儿一样自由欢快，身体充满了力量，整个人都变得欢喜起来，在海水里尽情跳跃嬉游。

老师就在不远处，手脚停止了划动，仰躺在水面上，身体随着海浪上下起伏。我也学着他的样子仰躺着。天空高远，阳光刺眼，我睁不开眼睛，身体被白花花的阳光包裹着，感觉要被晒出油光，“哇！真是太开心啦！”我忍不住叫出声来。

我们一直保持这种姿势，过了好长一段时间，老师忽然翻了个身，向我喊道：“差不多了吧，该回去了！”其实，我还没有玩够呢，很想再多玩一会儿。但是老师既然这么问我，我可不想错过与他在一起的机会，于是立刻愉快地回应他：“好的，咱们回去吧！”我们一起沿着老师常走的路线上岸，回到茶馆。这次同游后我和老师很快变得熟络起来，接连几天，我们都一起去海里游泳。

一天下午，我们约好在茶馆喝茶，正喝着，老师突然问我：“您打算什么时候回去呢？”这个突如其来的问题把我搞晕了。这几天如此快乐，我还没想过这个问题呢，一时不知道该怎样回答，就老实说：“我还不知道呢。”听了这句话，老师笑了，我有点难为情，为了掩饰，我急忙问了一句：“那老师您什么时候回去呢？”话说出后我才意识到自己慌里慌张地选择了“老师”这个称谓。

第一次的称呼总是很难改过来，后来我就一直用“老师”来称呼他。起初，他听着有些不太习惯，我解释说“老师”是我对年龄比自己大的人的习惯叫法，他苦笑了一下，并没有说别的，我也就一直这么叫下去了。

那天喝完下午茶，我就跟着老师去了他的住处。他住在一个宽敞的寺庙大院里，算是个小别墅吧！小别墅里还住着一些别的人，那些人显然不是老师的家人。后来我问老师那个外国人去哪里了。他说那个外国人已经离开镰仓去别处了，又聊了一些那个外国人的事情。老师说自己不太喜欢社交，平日里并不和人聊天，倒是和那个外国人挺投缘，真是不可思议。

和老师在一起的每一分钟我都是开心的，我期望老师能感受到。有一句话我一直想跟老师说，但又害怕，直到最后才鼓起勇气说：“我感觉似乎和老师早就认识，仿佛以前在哪儿见过，但就是记不起来。”我希望老师能与我有同感，或者能够觉察得到我的心，我焦急地等待着他的回答。谁知老师沉吟了一会儿说：“可能你记错了吧！我不记得在哪里见过你。”这句话落入我耳中后，失望落寞的情绪一下子就打倒了我。

4...

马上要开学了，我必须回东京了，老师的返程日期还没到。那天去和老师告别，心中有些不舍，我问老师："回到东京后我可以去老师家拜访吗？"老师点了点头，简单地回应我说可以。本以为老师会很热情地邀请我去他家做客，毕竟我们已经算是很熟悉了，但他的回答那么简短，这让我的自尊心多少受到了伤害。

我承认自己有些敏感，会有意无意地被一些话刺伤，尤其是从老师口中说出的话。老师大概也意识到了这点，但又好像没有注意到，我不太确定。虽然我心中这些微不足道的伤感总是反反复复、来来去去，但是我从未因此而产生远离老师的想法。相反，这些反复来去的伤感让我越来越想靠近他，内心不停地催促自己向前走、向前走，并期盼着那个美好心愿快快实现。

虽然那时的我年轻、热血、容易冲动，但并不是对一切事物一切人都会这样充满渴望，我也奇怪自己为什么见到老师时如此情难自禁，他的一举一动都牵挂在心。

直到今天，老师去世之后，我才慢慢体会出来，对老师的感情也许源自老师对我的一种态度，他不在乎我，根本没打算与我有过深交往，“你的出现对于我来讲无所谓，我没有兴趣。”老师的态度应该是这样的吧。多么冷淡！多么令人心碎！他肯定觉得主动靠近他的人没有什么交往的价值，所以用高傲超然的表情和简单敷衍的话语一次次给靠近者以警告，而我浑然不觉，依然执着地渴望着与老师交往，希望能走进他的心里。不为他人着想、不为他人动情的冷酷老师啊，我几乎要鄙视他的为人了。

离开镰仓回到东京后，我还有几天自由时光。身心重归大都市的热闹繁华，遥远海边的记忆渐渐褪去，那份感情的执着也有所减淡。在都市新鲜事物的刺激下，我也变得活泛起来，尤其是看到来来往往的同学们，更是对新学期充满期待，而早先想好的回到东京一定要去拜访老师的事情暂时被搁置起来。

开学一个月之后，我又恢复了以前的松弛和无聊，对周围的事物又开始了习惯性的厌倦，总想做点什么事情打发这种难熬的时光。一个人在宿舍里百无聊赖时，忽然想起了老师，他在我内心从不曾离开，我必须去见老师。

按照老师留的地址我找到了他的住处，第一次去时他不在，第二次我选了一个周末，心想这回他一定在吧。记得在镰仓时老师说他很少出门，我还问过他是不是讨厌出门，他说他不喜欢热闹，宁愿在家享受清静。然而，女佣说他出门了。一丝不满的情绪突然涌上我心头。我记得那个周末天气晴朗，阳光明媚，听到那句话后我并没有扭头就走，而是在他家门口站了好一会儿。那个女佣认出我就是上次来过的人，她让我等一会儿，转身回到屋内。不一会儿，门开了，出来一位夫人，我猜大概是老师的夫人吧。

老师的夫人非常端庄美丽，她说："抱歉，他刚出去一会儿，你恐怕要等很久了。"她告诉了我老师去的地方，还告诉我每个月的这几天老师都要去杂司谷墓地，给一位逝去的人献花。他的习惯从未改变过。我点了点头，便告辞而去。刚走了没多远我忽然就决定去杂司谷看看，心里想着没准儿在那儿能碰上老师呢。于是我立即转身朝杂司谷方向走去。

5...

杂司谷的墓地种满了枫树，墓地的前方有一大块苗圃，苗圃两边是进出墓地的小路，我沿着左侧的路进了墓地。我快走到尽头时，迎面走来一个人，离得太远我看不清楚他的脸，但直觉告诉我那人就是老师。阳光透过斑驳的枫树叶子洒在他身上，我看清了那副眼镜框，便快步走过去，等到靠近时大喊了一声："老师！"老师吃惊地看着我，脸上明显带着一副不相信的表情："怎么……怎么会是你？"

老师显然从未想到会有人到这里来找他。他重复着自己刚才的疑问，我们俩呆呆地站在原地，不免有些尴尬，而我也不知道该如何回答他了。

"你是怎么找到这儿的？怎么……"

老师的声音听起来很低沉，很阴郁，他似乎满怀心事。于是我告诉他我去找他并来到这里的全部经过。

"我夫人告诉你我来杂司谷祭拜谁了吗？她告诉你那个人的名字了吗？"

"您的夫人没有说这些。"

"哦——对对，你们第一次见面，她没有必要跟你说这些的。"老师若有所思地说，好像很久才明白过来是怎么回事似的。而我本以为很正常的事，却被他的这种若有所思搞得有点糊涂了。

我和老师并肩走出墓区。路边的墓碑上刻着一些奇奇怪怪的名字，如“伊莎贝拉”“泰勒”“神甫罗杰”等；有一块墓碑上写着：“佛法普度芸芸众生”；还有一块墓碑上刻着“神的使者”；靠近路边的一个小墓碑上刻着一个英文名字：Adore，我对这个小小的墓碑很感兴趣，便问老师上面刻着的字是什么意思，老师说那个大概念“安德烈”吧。

我还是第一次见到墓碑上刻这么奇怪的名字和话语，所以感到有些好笑，就一个一个地看了过去。我指着那些圆形的墓石和细长花岗岩石碑边看边点评，老师刚开始只是一言不发地听我讲，最后可能是觉得我那样随意的大声的指点对逝者不太尊重，就说：“死亡是一件庄严的事，看来你并没有认真地思考过这个问题。”听老师这么一说，我连忙收住自己的笑容，再也不敢随意出声了。

老师在墓地尽头一棵高大的银杏树下停住了，他抬头向上看了看，说：“再过一段时间，这棵银杏树将比现在更漂亮，那时叶子会更茂密，满树都是金黄色的银杏叶，树下也会铺上一层厚厚的银杏叶。”可以想象，老师每月来墓地祭拜时都会在这棵银杏树下站一会儿。

从杂司谷的墓地出来后，我没有什么明确的去向，就继续跟着老师走。老师本来话就不多，今天更是沉默寡言。但我并没有觉得不妥，我喜欢跟老师在一起，就算只是跟着他走路也行。

“您要回家吗？”

“嗯，是的，也没什么更好的去处。”老师边说边向前走，打算顺着前面的坡下去。

“老师家族的墓地是在这个地方吧？”我终于还是忍不住说话了。

“不是。”

“那您祭拜的是您的亲戚？还是别的什么人？”

“不是。”

老师似乎不愿意回答我的问题，我只好自觉地闭口不再问了，继续跟着他走。下了坡走到一个路口时，老师重又提起刚才的话题，他说：“我祭拜的是一位朋友。”

“您每个月都会来这里祭拜那位朋友吗？”

“是的。”

说完这句话后老师再没有说什么了。那天，他似乎也就说了这么多。

6...

自从杂司谷见面后，我就成了老师家的常客。几乎每次去，老师都在家，我去的次数也越来越频繁。

现在回想起来有点奇怪，从一开始的冒失登门到后来的频繁上门拜访，老师始终很平淡，没有对我表现出丝毫热情，最初见面时老师就是一副拒人于千里之外的态度，现在依然是。可是，他越这样我就越想靠近，这种愿望推动着我一次次去老师那里。想要靠近老师的愿望恐怕只有我一个人才有吧。但是，我觉得这样并不算错，即使有人说我太年轻，或者笑我太傻了，我都觉得无所谓，我还是要坚持自己。我了解老师的心，知道他真正的想法。面对想要进入自己怀抱的人，不能张开双臂去拥抱，这大概就是老师的心情。

一个人不可能总是平静，偶尔，我发现老师的眼中也会闪过一丝抑郁或阴霾，就像飞鸟的影子快速划过玻璃窗外的天空，仅仅晃了一下就快速消失了，恢复了原来的样子。第一次发现老师眉宇间闪过的阴霾之色，是在杂司谷墓地我喊老师时他猛然回头的瞬间。他眼神中流露出的神色，令我全身的血液几乎在刹那间停滞，就连呼吸也变得艰难，过了好久才渐渐平复。在那之后，我完全忘记了他眼中的阴霾。再一次回味时已经到了深秋十月的夜晚。

那天傍晚，和老师一起喝茶聊天时，不知怎么，话题就扯到了杂司谷墓地的那棵银杏树，于是，那棵高大的银杏树又浮现在我眼前。我心里快速地算了一下，再过3天，就又到了老师去杂司谷墓地祭拜的日子。再一细思，他去的那天我在学校里的课程上午就学完了，下午又没有别的安排，正好能空出时间来。于是，我就对老师说：

“老师，上次我们在杂司谷看到的那棵银杏树叶子落了吗？”

“差不多都快落光了。”

老师边说边看了我一眼，之后他的目光落在我身上，有好长一会儿都没有移开。

“那您下次去杂司谷能带上我吗？我想和您一起再去那棵银杏树下散步。”我用恳求的眼神看着老师。

“嗯，我是要去那里，但不是去散步。”

“顺便散散步也是可以的呀！”

老师停顿了一下，又若有所思地抬头看了我一眼：“我去那里真的是扫墓。”老师说这句话的意思似乎是要纠正一下，散步和扫墓真的不是一回事儿。太幼稚了吧？又有谁规定了扫墓的时候一定不能散步呢？不管他是不是想找个借口不和我一起散步，但在我看来，他这样说真的让人难以接受。

“好吧，我知道您是去扫墓，那您去的时候也带着我吧，我想和您一块儿去祭拜。”

在我看来，扫墓和散步其实都差不多，对它们进行严格的区分没有什么意义。我等着老师回应，却看见老师有些面露难色，眼睛里闪烁着异样的光。我不清楚他的表情到底是嫌我累赘，还是害怕我去，总之我十分肯定他当时很不安。他这种神情我是见过的，与那天我在杂司谷叫他老师时，他猛然回头时的神情一模一样。

他停了一会儿，似乎很艰难地说：“嗯，其实有些话不知该如何说，去杂司谷祭拜时我一直都是独自一人，就连我的妻子也没有去过。”

7...

这在别人看来或许是可以理解的，但我还是不能完全理解，一个人怎么会这样坚持孤独呢？我弄不太懂，不过，也无所谓了，我又不是为了研究老师才进出他家的。这件事情就这么过去了。

现在回想起来，那时自己完全不考虑老师的感受，为了自己的感情而不管不顾，其实也算是一种可贵的东西吧。也许正因如此，我才能够和老师建立起一种温暖的交情。

我没有刻意地去研究和猜测老师，如果放任自己的好奇心去探究，那我和他之间维系的那种微妙的情感肯定早就不存在了。那时的我太年轻，经历太少，完全意识不到自己这种不打听、不猜测、不研究的性格有多么可贵，如果稍稍偏离了方向，追问起老师的行为和少言寡语，我们俩的情谊不知最后会落得个什么结果。光是想想都让我发颤。老师其实也一直担心别人会用冷漠的眼神研究他。

我去老师家的次数越来越频繁，有时一个月两三次都不止。老师终于忍不住了，有一次他问我：

“你为什么要来我家呢？”

“啊，这个嘛，其实也没有什么特殊的原因，我——是不是打扰到你了？”

“没有，没什么打扰不打扰的。”

我相信老师说的话，老师虽然总是沉默寡言，但他的确没有表现出对我的厌恶。老师基本不出去交际，以前的同学在东京的也就两三个人，他偶尔也出去和同学、同乡一起吃饭聚会，但我相信老师和他们之间的感情肯定没有我和他的深。

“我不常和人打交道，”老师说，“你能来我家，我很高兴，所以才问你为什么想要和我这样的人打交道呢？”

“难道不能和老师这样的人交往吗？”

我反问道，老师没有回应，他看了一会儿我的脸，继续问道：“你今年多大了？”

这个偏离主题的聊法实在不高明，不过我也不会去钻牛角尖，非要将一个问题讨论到底。那天下午就这样过去了。

之后没过几天我又去找老师了，是老师开的门，他笑呵呵地和我打招呼：“又来啦？”

如果换作其他人，肯定会生气的。但我并不生气，相反，却感到轻松快乐，我开心地回应道：“嗯，来了。”

“我不常和人打交道，”坐定后，老师又重复起以前说过的这句话，“我不喜欢热闹，看起来你也不太喜欢热闹。我是因为自己不再年轻了，所以不参加社交，这也还说得过去，但是你还年轻，不去参加一些社交活动不太好吧，你肯定也喜欢到处跑跑，长长见识吧？”

“可是我并不觉得孤独啊。”

“恐怕最孤独的要数你了吧，不然你怎么有时间总是来我这种孤独的人的家里呢？”

老师如此说我还能怎么去辩驳呢？

“现在你和一个孤独的人在一起，不可能变快乐，相反，你可能会变得更加孤独。因为，你所遇到的我连自己的孤独都无法排解。所以，你需要寻找和遇见更多的人，以后也许就不再会来我家了。”

老师神情寂寥地说着，嘴角露出一丝笑意，接着仿佛自言自语地陷入了对某事的沉思中。

8...

老师对于我不会再去他家的预言并没有成为现实，他说这句话时我也没有多想，并没有理解他的弦外之音，我还是一如既往隔三岔五地去他家。不知道从什么时候开始，我竟然在老师家吃起饭来了，最后竟然发展到和老师的夫人聊起天来。

作为一个正常人，我对女性的态度绝对不冷漠，像我这样年纪的大学男生，基本都已经交过一个或几个女朋友了，但我连一个正式的异性朋友都没有过。我也不知道是什么原因造成的，对于大街上偶遇却不相识的陌生女性，无论美丑，我都没有什么特别的感觉。

第一次看见老师的妻子时仅仅感觉她长得很美丽，我对她的印象也极好，除此之外，就没什么好说的了，我从来不曾想着要去更多地了解夫人。在夫人面前，我对自己角色的定义就是“我是老师的一部分”，而夫人也将我看作是自己丈夫的一个学生，总是亲切自然地招待我。所以，老师是我和夫人之间的唯一纽带，因为老师我们才认识并且开始聊天，如若没有老师，那我们之间恐怕将毫无关联。

有一次，我去老师家喝酒，那天老师兴致很高，对坐在一旁帮我们斟酒的夫人说：“你也喝一杯吧。”说着，将自己的酒杯递过去，里面还有半杯酒。夫人有些迟疑，但还是接过酒杯喝了。然后，我又为夫人重新斟了一杯酒，她微微蹙起了眉头，像是要表示自己不能再喝了。

“真奇怪，你平日里并不希望我喝酒的呀，今天怎么劝我喝酒了呢？”夫人问。

“我知道你不喜欢喝酒，但偶尔喝一点还是可以的，喝了酒心情会变得很好。”老师回答道。

“才没有变好呢，难受死了，不过你喝酒后倒是挺开心的。”夫人看着老师说道。

“的确如此，喝酒有时会让人变得非常开心，不过，也不是每次喝酒都会这样的。”

“今晚肯定是开心的吧？”

“是的，十二分的开心。”

“那你以后可以每天晚上睡觉前都喝一点儿小酒。”

“不行的。”

“可以的吧，这样你就不会感觉那么孤独了，心里会好受些。”

老师家里的确是太安静了，只有老师、夫人和一个女佣人。他们平常在家也不大声讲话，更不会大声笑。去他家拜访时常常感觉家里只有我和老师两个人。

“要是能有个小孩子就好啦。”夫人看着我说。我只能回应她：“是啊！”嘴上这么说着，其实我心里想的完全相反。我是个单身汉，我可不想养小孩子，孩子对我来讲简直就是个大麻烦。

“要不给你领养一个，怎么样？”老师问夫人。

“领养一个孩子？”夫人又转过头来看着我问，“你说呢？”

好像是要征询我的意见，天，我能有什么意见呢？

“我们肯定不会有孩子了。”老师回答了。

夫人没有说话。我问老师：“为什么不会有孩子了，什么意思？”老师说了句很奇怪的话：“这是老天的惩罚！”然后大声笑了起来。

9…

据我观察，老师和夫人之间的感情非常好。当然，我还没有成家，对于夫妻感情理解得也不够深刻。但每每我和老师在客厅对坐饮酒吃茶，有什么事需要招呼时，老师都不喊女佣人，而是直接叫夫人过来。夫人的名字叫静，老师总是隔着窗户向外叫道：“喂，阿静！”他的声音也极其温柔，听到叫声后夫人会放下手头的活儿，走过来落落大方地问我们需要什么帮忙。留在老师家吃饭时，夫人也会坐在老师身边一起吃。

老师有时会带着夫人去听音乐会，偶尔还会去看戏剧。他们好像很喜欢短期旅行，就是那种六七日的，我能清楚记得的就有两三次。直到现在我手头还保存着那次他们去箱根旅游时给我寄来的明信片，另外，还有一封装着一枚红叶的信，那是老师和夫人去日光旅游时给我寄来的。

这是他们二人给我的印象：是一对幸福的夫妻。但是也有例外。有一天，我站在老师家门口，正等待着女佣进去传话，忽然听到屋里有人在大声讲话，好像并不是平常的对话，像是在争执什么。我靠近了仔细听，果真是老师和夫人正在为某件事情争吵。

高嗓门的是男声，肯定是老师，他不时地大声说着什么；夫人的声音渐渐地小了下去，好像还有哭声，我不太确定。他们之间到底发生了什么事情？我脑子飞快地转着，试图寻找答案，但一无所获。我在老师家的门口犹豫了一会儿。算了，还是不进去了吧，打定主意后我就转身离开了老师家，回宿舍去了。

那天下午我一直心神不宁，看书也看不进去，干什么都没办法专心，大约过了一个小时，忽然我听到窗户外面有人喊我的名字，是老师，他居然来我宿舍了。我着实吃了一惊。他在窗户外面对我说：“一起去散步吧。”我从口袋里急忙掏出怀表，指针已经指向8点了。我来不及换上外出的衣服，穿着一条宽大的裤子就随老师出去了。

我们找了一家酒馆喝酒。老师不是很能喝酒，喝到差不多快醉时他就停止不喝了。

“今天差不多了，再喝就不行了。”老师说。

“怎么了？不舒服吗？”我问老师。

老师和夫人吵架的事情我一直都想弄清楚，从下午到现在，那件事就像鱼刺卡在了喉头，让我难以安宁，到底问老师好呢，还是不问也别管？我在问与不问之间举棋不定，心不在焉地喝着酒。

“你看起来有心事啊！”老师的观察可真仔细，“其实我自己也有心事，你看得出来的。”

我不知道该说什么。

老师接着说：“其实，来找你之前我刚刚和妻子吵了架，也不知道自己怎么了，莫名地生气。”

“为什么？”

“为一些莫名的事情生气，她误会我了，我告诉她说是误会，可她不信，也不原谅我，所以就吵架了。”

“误会什么了？”

显然老师并没有打算要回答我的问题。

“她误会我是那样的人，其实我根本不是，如果真是那样我就不会这么痛苦了。”

老师到底有多痛苦，他似乎也不打算告诉我，我当然没办法弄明白。

10...

出了酒馆往回走的路上，我们谁都没有开口说话。穿过几条街后，老师忽然开口了：“我今天真是太不应该了。与妻子吵架后还跑出来让她担心。其实，她是无辜的，都是我的错。这世界上除了我之外，她再没有别的什么人可依靠了。”

老师边说边看了我一眼，又继续说：“女人可以依靠自己的丈夫，无所依靠的丈夫可得坚强点。在你眼里，我算是一个坚强的人，还是懦弱的人？”

“老师介于这两者之间吧。”我回道，他好像没想到我会这样回答，有些意外，但也没说什么，我们继续向前走。

我们回去的路正好在同一个方向，先到我宿舍，然后再走一段就能到老师家。到宿舍后我并没有进去，而是跟老师说：“要不我陪你走到你家吧。”老师连忙摆手示意不让我送。

“太晚了，你赶快回去吧，我也要立即回家，为了妻子。”

“为了妻子”，老师的这句话令我心里宽慰了许多，他和夫人和好了，我也就能安安心心地睡了。我一直记得他说的这句话。就凭老师说的这句话，我知道，老师和夫人之间没有什么大的矛盾，没有什么过不去的坎。至少凭我对老师的了解，我是敢这么肯定的。

老师也会时不时向我透露自己的感情。有一次他说：“我这辈子只认定妻子这一个女人，除了妻子，我不会再对任何女人有想法。她也一直把我当作她唯一的男人。我们本来应该是这个世界上最幸福的一对夫妻。”

我已经不记得老师是在什么样的情况下对我说的这段话，他当时为什么要对我说这些话呢？我真的记不起来了。但他说这些话时的腔调和神情，我至今记忆犹新。尤其是他说的“我们本来应该是这个世界上最幸福的一对夫妻。”我清楚地记得每一个字，为什么他说是“本来应该”，而不直截了当说成是“应该”呢？我一直纠结在这几个字上，总觉得这句话耐人寻味，特别是老师在说这句话时故意加重的语气更是叫人反复思量。

老师到底过得幸福不幸福？还是他本来应该过得很幸福？那段日子，这个问题一直盘旋在我的脑海里，挥之不去。待过了一段日子后，这个疑问便渐渐被我忘却了。

11...

与夫人单独相处的机会还是有的。有一次，老师不在家，他去新桥送一位朋友坐轮船出国。几天前，那位朋友专程到老师家来告别，出于礼尚往来，老师便去新桥送行。从横滨坐船出发的乘客一般早上8点半就得在新桥等待上船。所以老师必须早到。而在几天前，我已经跟老师约定好了，去他家向他请教一本书上的问题，我们约定的时间是那天的9点。我到达时得知老师留话，说送完朋友会很快回来，让我在家里等他。在等老师回来的这段时间，我就在客厅坐着，和夫人先聊了起来。

初到老师家时，我还很腼腆，但现在自我感觉已经成熟很多了，和夫人也熟络起来。面对夫人，我再也不像以前那样拘谨了。

那天我们聊了很多，大多都是些家常事，我不太关心这些，所以究竟具体聊了些什么也记不太清了。但夫人说到的一件事情我倒是很关心，那就是关于老师一直没有出去工作的事情。

我很早就知道老师也是上过大学的，但老师一直没有出去工作这件事是我去过几次老师家之后才知道的。我当时不太理解，很是纳闷老师为什么不去工作而只在家享清闲呢。

老师其实是个非常聪明且有学问的人，这一点我很敬佩，但他一直都是默默无闻，除了和他有密切接触的我知道他的才华之外，好像再也没有几个人知道。我常常为此叹息，觉得这样太可惜了。老师却不以为然，说："要是我这样的人走到社会上，说什么也没人听呀。"这句话不是自谦，而是对这个冷漠的社会的评价。

聊起过去在一起学习、现在成名了的同学，老师会很不客气，他总是对那些人持批评态度，这种时候，我通常都会站在被批评者一方与老师辩论。我并不是一味地想反对老师的观点，实质上是为老师感到惋惜，为他这种不被世间认可却还能悠然自得感到遗憾。每当这个时候，老师就会说一句："无论怎样，我就是不想为这个社会做贡献，我就是这样的人。"说这话时，老师脸上会流露出一种略显深刻的表情。我说不清楚那到底是一种什么样的表情，或许是失望，又或许是不平和悲哀，然而那表情之坚定，以至于我因此都失去了反驳的勇气。

我和夫人之间的话题自然是从老师开始的。

"老师为什么只在家里看书作研究，而不去外面工作呢？"

"外面的工作他做不来，他也不愿意去做。"

"难道他认为外面的工作很无聊？"

"对于男人的事业我也不是很懂，可能他不是那个意思吧，肯定还是想去外面做一番事业出来的，可是他又做不来，所以可能会感觉无聊。"

"怎么做不来呢？老师身体应该很好吧？"

“他的身体很好，没什么毛病。”

“那为什么不出去做一些自己喜欢的事情？”

“就是不知道啊，要是我知道了也不至于担心成这样，我想就连他自己或许都不是很清楚吧。”

夫人说这些话的时候，我看得出她眼里的焦虑和担心。尽管如此，夫人嘴角还是带着往日的微笑。

唉，真的是没办法，我带着一脸无可奈何的表情沉默着。过了一会儿，夫人像是想起了什么似的，接着说道：“其实他年轻的时候可不是这样子的，那时候的他跟现在比起来简直判若两人，他的变化真的太大了。”

“年轻是指老师多大年龄时？”我迫切地问道。

“他的学生时代啊。”

“那您和老师也是那时候认识的，对吧？”

夫人有些不好意思地点了点头，算是肯定。

12...

夫人是土生土长的东京本地人，这一点她说过，老师也曾提起过。“严格说来，我可以算是‘混血儿’了。”夫人曾笑着说。她的父亲来自于鸟取县，母亲则是当时江户时代的市谷人，所以夫人才半开玩笑地这么说。老师是从新潟县来的，他们两个人的家乡离得较远。关于他们在学生时代就认识这件事情夫人好像不太好意思说起，我也不好坚持往下再问了。

我对老师的回忆仅限于从认识老师到老师故去这一时段。我试图通过自己和老师的接触，从思想上和道德情操上还原一个真实的老师。但是关于老师在学生时期和恋爱结婚时期的情况，我了解的并不多，也无法从夫人那里了解到。仅凭想象，我有时会将他们那段时期想象得很美好。老师在学生时代的风花雪月之事想必无比平常，现在毕竟不再年轻了，也不好意思在年轻人面前提起。有时我也会将他们那段时期想象得不怎么美好。无论是老师，还是夫人，他们都比我的年龄大许多，可以称为上一辈了，他们成长的环境都是旧式的，风流韵事当然会绝口不提，他们连诚实面对自我的勇气都没有。在这一点上我绝对在他们之上，我最起码是真诚的，比那一时期的人要诚实好多倍。虽然以上两种都是推测，无论好坏，他们肯定有一段罗曼蒂克的复杂感情经历。

后来的事实证明我的假设是正确的，老师确实经历过一段复杂的感情，比我想象的还要复杂曲折得多。如果将老师的那段经历比作冰山，我想象的只不过是冰山的一角。

老师青年时代的恋爱是美妙的，在这美妙的背后还隐藏着可怕的悲剧。而这个巨大的悲剧对于老师的打击究竟有多大，影响有多深，夫人居然不知道。夫人一直到现在还蒙在鼓里，对悲剧经历的刻意隐藏间接地伤害了夫人，也粉碎了老师和夫人原本应该幸福的生活。

关于那场悲剧，我无话可说。夫人是出于谨慎，老师是出于某种不便诉说的更深刻的理由，总之，他们二人什么也没对我讲。

13...

春花烂漫的季节来临了。有一次，我和老师相约去上野。我们踏春赏花的路上偶遇一对情侣，他们相互依偎着非常亲密地漫步在花枝下，比起樱花，他们更加吸引众人的目光。

“他们看起来像是新婚不久的夫妻。”老师说。

“也许吧，看起来挺幸福的。”我答道。

老师没有回应，而是继续向前走。我以为他不再谈这个话题了。

忽然他又回过头来问了我一句：“你以前谈过恋爱吗？”

“没有。”我老老实实回答。

“为什么？是不想谈吗？”

我没有说话。

“没有理由？就是不想谈？”老师继续问。

“嗯。”

“对于刚才公园里看见的那对恋人，你表现得满不在乎，我是看得出的，你的语言里充斥着渴望恋爱而又无法得到满足的苦闷。”

“也许你听得没错。我可能确实是这样的吧。”

“语气冰冷冷的，谈过恋爱的人不会是这样子的……不过，不过我告诉你，恋爱是罪恶的，你明白吗？”

老师突然这么说，让我感觉非常意外。

公园里赏花漫步的人很多，每个人脸上都洋溢着欢乐。我和老师一路无语，穿过人群，穿过花枝，一直走进一片小树林，那里没有什么人。

“恋爱是罪恶吗？”我开口问。

“是的，恋爱是罪恶的。”老师的语气和刚才一样坚定。

“为什么？”

“你迟早会知道的，哦不，其实你现在应该已经知道了，在你的内心深处早已经为爱情而动摇了，有没有？”

为爱情心动过吗？我快速地审视自己的内心，可是我内心的情感地带一直处于空白状态，没有什么感情进驻过，连一点蛛丝马迹都没有。

“关于恋爱我真的没有经历过，哪怕是最短暂的接触都没有。”我真的没有隐瞒老师什么。

“正是因为没有所以你才会行动，要是有过恋爱经历，人就会变得安静下来。你现在应该很渴望行动起来。”

“没有啊，现在我也没有行动啊。”

“在异性那里没有得偿所愿，所以你才会来到我这里呀，这就算是行动。”

“哦，这个算是恋爱吗？”我试探着问老师。

“当然算了，这算是恋爱行动的初级阶段。为了最终能与异性相拥，你首先出现在了同性的我面前。”

“那完全是两码事。”我不能同意老师的说法。

可是老师却非常坚定：“不，其实那就是一码事。我们是同性，所以无法满足你的一些需求。而且，还会因为某些特殊原因，往后会更加无法满足你。你一定会离我而去的，这也是没有办法的事。或许我的内心也是这样期待着的吧。但是……”

听到老师这样说，我内心一阵伤感。

“是什么让老师产生这种想法呢？我从未想过会与老师分开。你有这种想法我真的很无奈。”

老师并没有听我说话，他执着于自己的揣测。

“但我还是希望你小心对待爱情，恋爱即罪恶，我给不了你满足但也不会使你受到伤害，”他停顿了几秒，继续说，“你没有体验过被美丽长发束缚而丝毫无力挣扎的感受吧？”

我曾经想象过那种情况，但在现实中我没有接触过那种关系，所以也无法体会那种深陷异性怀抱无法自拔的感受。但老师所说的“罪恶”具体指的是什么？我真的是被他搞糊涂了。

“老师，麻烦你给我讲讲那罪恶到底是什么意思？否则这个话题就此打住。”我执着于他所说的这个词语，因为我实在是不懂。

“抱歉，本来是想让你了解恋爱的真相，结果却使你变得郁闷起来，都怪我。”

我们没有说话，一直默默地走着，从博物馆后面走到莺溪。在莺溪，我们从篱笆缝隙向里张望，那里面是一个大院子，长满了白色的山竹，叶子郁郁葱葱。因为人少，这里显得格外幽静深邃。

“我每个月都会独自一人去杂司谷，那里长眠着一位友人。你知道我为什么每个月都去吗？”老师突然毫无征兆地这么问，他应该是知道我肯定回答不上来的。半天我才缓过神儿来，老师像是忽然明白了似的说：“我真不应该问你这些问题，本想跟你解释，结果却使你更加矛盾。真是对不起，这个问题就到此为止吧。总之，你要记住恋爱即罪恶。”

老师欲言又止，弄得不明所以的我更加糊涂了。

14...

我是个认死理的人，这可能是因为太年轻的缘故。至少，在老师眼里我就是这样一个人，动不动就容易在某个问题上钻牛角尖儿。我喜欢与老师谈话，对我而言，书本里的知识实在乏味，而老师的谈话让我受益匪浅。老师的见解要比我在学校的课堂上所学到的深刻得多。他洁身自好、自我克制、少言寡语，这要比学校里那些站在讲台上指挥我们的人强许多倍。

老师曾劝我不要太看重我们之间的感情，不要将他看作唯一而深陷这段关系中不能自拔。

“我并不是一个轻率的人，我忠于自己的内心。”我这样回答他时，心里充满了自信，但是老师并不理解我的这份自信。

“你是被热乎劲儿冲昏了头，热乎劲儿过去了，你自然就会冷却，就会对我变得厌烦起来。其实，你现在这样迷恋我，才是我最烦恼的，我甚至可以预见你未来会是什么样子的，那时我会更加苦闷。”

“你就这么不信任我吗？你就是这样看待我的？”我看着他问。

“嗯，是的呢。”

我一阵心痛，而老师一脸难色，他起身向庭院走去。

庭院里有一棵茶花树，枝繁叶茂，老师经常透过客厅的大窗户欣赏那些开得绚烂无比的红色茶花。如今茶花已经凋零，独留空枝。

“请原谅我的不信任，我不是唯独不信任你，我不信任所有人。”

一切都是安静的，除了篱笆外卖鱼的人在吆喝。巷子里没有热闹的景象，曲折幽深，清静美好。老师家里也是一如既往地安静。夫人就在隔壁的房间里，正做着针线活儿。我不确定和老师的每次谈话能否被夫人听到，那时倒真没在意过。

“那您也不信任夫人吗？”我追问。

老师脸上掠过一丝不安的神情，他没有直接回答我的问题。

“我不信任所有人，也包括我自己。对于自己，我更多的是憎恨和诅咒。所以，我也不可能信任别人的。”

“如果这样的话，那世间几乎没有什么靠得住的人喽。”

“道理上是这样的，但一定不要这么做，一定不要。如果真的这样做了，不相信任何人，那周围的世界会变得非常糟糕、非常恐怖。”

我还想顺着老师的思路继续往下问，这时夫人在隔壁喊老师过去，她接连叫了几声老师的名字，像是有事儿。老师一边问“怎么了”，一边准备过去。夫人只说“你过来一下”。他们到底有什么事儿，我不太清楚，也不好打听。

不过，老师很快就又回到客厅了。

老师一坐下就说：“无论如何，你以后别怨恨我。我不值得任何人信任，我也不信任任何人，你选择信任我，以后总会有后悔的那一天的，到那时，你再要回过头来抱怨我那可就晚了，或许你还会向我复仇呢。”

“怎么会呢？我相信自己的选择是正确的。”

“你信任他人，甚至为了他可以做出一些自我牺牲。而一旦偶像轰然倒塌，你发现自己信任的人出了问题，这促使你总有一天会踩在那个人的头顶之上。而我为了自己今后不受他人的侮辱，现在才会排斥他人对我的尊敬。为了自己以后不会变得更加孤独，我才要努力学会忍受现在的所有孤独。我们所生活的这个世界是自由的、美好的、独立的，而我，为了最终的不孤独或者少受孤独的折磨，我不得不现在就学着开始品尝孤独。”

老师的这种理论我还是第一次听说，真的不知道该怎么回答。

15...

自从听了老师的理论，每次见到夫人时我都有些不太自然。老师如果一直抱有那种不信任的想法，那他是怎样面对夫人的？夫人对于她的婚姻满意吗？

然而，夫人平常是不会流露自己的感情的，我说不准她到底是不是幸福，我也没有太多接触她，每次见面她都是大大方方，与往日无异的样子。而当老师偶尔不在家时，我与她几乎没有什么机会在一起聊天，所以更看不出什么异常来。

老师是一个爱思考的人，我无法理解他那套人际关系的说法，我的疑惑还不止那些，老师的这种不信任理论是有怎样的缘由呢？那只是一种用严肃的眼光反省自己后所得出的结论，还是冷眼旁观周围世界的结果？一个没有经历只是思考的人绝对不可能说出那种话来的。

在我眼里，老师就是一个名副其实的思想家。他总结出来的道理是活生生的，而不是让人死记硬背的教条。他的道理不是来自周围的道听途说，也不是来自他人的经历，而是来自自身的经历，他将自己所经历的痛苦事实编织进这个道理之中，所以更具有力量，更振奋人心。

我并没有一厢情愿地猜测，老师之前已经自白过了，只不过他的那段话讲得太玄妙、太高深，让人捉摸不透。老师的话让我听后有一种莫名的恐惧感，我也说不上来是哪里让人恐惧，但他的话就是让我感觉神经紧张。

持有这种人生观的人会有一份怎样的感情经历呢？我曾经试着去猜测老师所经历过的轰轰烈烈的爱情，去猜测发生在他和夫人之间的爱情故事，是什么样的故事让他得出了恋爱即是罪恶这种结论呢？最终，我认为这种消极厌世的恋爱观不太可能产生于他和夫人之间。我始终记得老师说过的话："你信任他人，甚至为了他可以做出一些自我牺牲。而一旦偶像轰然倒塌，你发现自己信任的人出了问题，这促使你总有一天会踩在那个人的头顶。"这句话也许适用于现代社会的人际关系，但无论如何也不适用于老师和夫人之间。

我试图揭开老师的情感秘密，然而在老师和夫人之间确实也没什么可说的。就在这时，我脑海中不停地浮现出一个细节，那就是杂司谷那座不知是谁的墓地。那座墓地的主人肯定与老师有着绝非一般的关系。

我是如此接近老师的生活，然而却无法走进他的内心深处。在我看来，那座墓地就像是横亘在我和他之间的绊脚石，又像是开启老师内心神秘世界的钥匙。如今老师已经故去，那座墓地却一直存于我的心里。

16...

秋季来临，天气渐渐冷了下去，白昼开始变短，夜晚来得越来越早。有一段时期，老师所住的地方不太平，附近的住户接二连三地发生盗窃事件，而且都发生在天刚刚黑的时候。虽说家里也没什么很值钱的东西，但夫人还是有些担心。这时候，老师的一位同乡应聘到东京一家医院了，在他即将上班前请老师和另外几位同乡一起吃饭。老师不想爽约，但又不放心夫人，要求我在他出门后去家里帮忙照看一下。因为这个缘故，我和夫人又有了坐下来面对面聊天的机会。

那天我到老师家时天还没全黑，家家户户的灯才开始陆续亮起。老师已经出门去赴约了。“他是个非常守时的人，害怕去晚了不好，所以没等到你来就出门了。”夫人开门将我带到老师的书房里。

老师的书房很整齐，也没有过多的摆设，除了桌子和椅子之外，就是书架了，书架上放着许多包着皮质护封的书，光从书房的玻璃窗透进来，照在书本上，看起来非常整洁。书房正中有一个火盆，火盆边有一个坐垫，夫人示意我可以坐在坐垫上，“书架上的书你自己随便看吧。”说着便走开了。

我坐了一会儿便感觉枯燥了，但是老师又没回来，我无聊地点燃一根香烟抽起来。书房很安静，边上就是茶室，夫人和女佣正在茶室里说着什么，夫人讲完一句后就没再说话，一阵寂静。我一个人站在书房里，没有看书，也没有走动，静悄悄的，感觉像是一个守株待兔的人，等着老师回来。

约莫待了半个小时，夫人从书房门前经过，向里望了一眼，说：“咦？”她有些惊讶，因为我并没有看书，而是坐在垫子上等待着主人回来。

“久等了，你是不是有些拘谨？”夫人问。

“哦，没关系，一点儿也不。”

“等人是有些无聊啊！”

“不，我一点儿也不无聊，只是想着可能会有窃贼，所以有些紧张呢。”

夫人转身去了茶室，不一会儿端来一杯红茶给我。

“书房有些偏，不太适合防守。”

“那就到茶室吧，茶室离别的屋子也近一些。我把茶水放到茶室，去那边也不会无聊。”

我跟在夫人身后走出书房，来到茶室，茶室的火盆上方架着一个铁水壶，正在烧水，发出嘶嘶的响声。坐定后，夫人拿出点心来款待我，我们边聊边喝茶。夫人因为怕喝茶晚上睡不着，所以没怎么喝。

“老师经常会参加这种聚会吗？”

“没有，过去倒是经常参加，但这几年参加得越来越少了，他变得有些讨厌与别人聚会了。”

听夫人的口气也没有什么不愉快的，她似乎也没觉得这样不好。于是我试探着再问：

“那老师肯定还是喜欢和夫人待在一起聊天吧？”

“才不是，我也属于他讨厌的人中的一个呢。”

“怎么可能呢，老师不可能讨厌夫人的，您在跟我开玩笑吧？”

“没有，我的确属于他讨厌的人之列。”

“老师讨厌出门应酬，那也是因为他深爱着夫人，只想与夫人在一起，才那么不喜欢出门的。”

“你说得太好了，明明是个歪道理却被你说得这么好，真是佩服啊。不过，我倒是认为他讨厌这个世界，讨厌其他人，我亦未能幸免，也是他讨厌的人。”

“您有自己个人的看法，也许是对的，但我还是坚持自己的观点。”

“好啦，好啦，不争论啦，你们男人一旦争论起来就没完没了。这个问题实在没有什么好争论的，他到底是不是讨厌我，那也是他和我之间的私事，不用再争论了。”

夫人的话有些严厉，但我知道她并没有因为我的争论而感觉不快。她是个脾气好的人，不会真的为此生气。

17...

我本来还想继续刚才的辩论，可又担心被夫人说成是爱找麻烦、爱诡辩的人，于是只好安安静静地喝茶了。夫人似乎觉得刚才自己说的话有些严厉了，见我不说话，就试探着问："再喝一碗吧？"我立即将碗递给她。

夫人接过碗，倒上红茶，又问我："要搁方糖吗？要几块？一块还是两块？"夫人一脸和蔼，我知道她想解除刚才的不快。

我并没有回答，夫人自己放了两块方糖进去。我接过茶碗，安静地喝着茶，喝完后又轻轻地放下碗。

"怎么不说话啦？"夫人看着我。

"有点担心呢，怕我一说话，您要说我是个爱狡辩的人。"我回答。

“不会的。”

当然，我们继续聊天的内容肯定还是老师，老师是我和夫人共同关心的人，除此之外，真找不出什么话题可聊。

“夫人，我是有点固执，其实我刚才说的话并没有错，也许道理上讲得不那么婉转，但我的确是那样认为的。”

“嗯。”夫人没有多说什么。

我继续说：“如果哪天夫人不在了，请原谅我的冒犯，老师还会延续自己以前的生活吗？”

“这个我不知道啊，那是他的问题，你应该去问问他才对。”

“我会去问老师的，但现在我想先问问夫人您。我是认真的，所以请您一定不要回避，请诚恳地回答我。”

“我的确是很诚恳地回答你的问题呀，我是真的不知道。”

“好吧，那我还是反过来问吧，夫人您有多爱老师呢？老师爱不爱您可能您不知道，但您总可以说自己有多爱老师吧。”

“问就问吧，你也不用那么一本正经。”夫人笑着说。

“你不用管我是否一本正经，您已经准备好说出自己的答案了吗？”我追问。

“嗯，答案当然有，”夫人回答道，“我这一生只有他一个，他是我的唯一。”

“夫人对老师如此忠诚，那么，您有没有想过万一哪天您不在了，老师会怎么样呢？您不用站在老师的角度去思考这个问题，您就站在自己的角度来看，老师会重新变得幸福起来吗？”

“站在我自己的角度来看，老师如果离开我的话只会变得不幸，甚至都不可能正常生活。他根本离不开我。你可能会觉得我说这样的话太自恋了，将自己想得太重要了。可是，除了我之外还有谁能够使他幸福呢？我一直都知道我是唯一能让他过上正常生活的人，能让他像普通人一样拥有幸福。所以，无论他的态度如何我都一如既往地保持平和心态。”

“您所做的一切老师应该都有所感知。”

“或许吧，我不确定。”

“那您现在还觉得老师讨厌您吗？”

“现在不是他是不是讨厌我的问题，他讨厌这个社会是真的吧。其实，应该说他讨厌人类，而我也是人类的一员，依此推断，我应该也属于他的讨厌之列吧。”

夫人的说法挑不出任何毛病来，听起来好像还合情合理。

18...

我不太愿意和年龄大的女人聊天，她们的思想贫乏而守旧，但是和夫人交谈时，我发现夫人的语言逻辑能力很强，理解力也是超强的，她并不是我想象中的旧式女子，这一发现多少令人振奋。

我过去很少和异性接触，更谈不上交流。但是哪个男人年轻时没有幻想过异性呢，我也和他们一样。少年时，也有女孩经常会出现在我的梦境里，但并没有持续多久，对女孩的幻想也仅仅处于一种朦胧的状态。从过去到现在，和女性相处时我都会感到手足无措。一些男性和自己心仪的女性在一起时会眼里只有她，一切都听她的，甚至忘记自己的存在。奇怪的是，我并没有这种情况，相反，我也不知道体内怎么会爆发出一股反抗力来。

与夫人在一起又完全相反了，我言谈自如，完全放松，甚至男女之间原本该有的距离感也似乎消失了。和夫人谈话时，我忘记了夫人是一位女性，只将她看成是和自己一样关心老师的人，是爱护老师的人，是老师身边的一个守护者。

“夫人，记得有一次您说过老师之前不像现在这样讨厌社交，那他以前是什么样子的？”

“嗯，我是说过的。他呀，他之前是我们大家都喜欢看到的样子。相信你要是早些认识他，你会比现在更喜欢他。”

“那老师肯定是突然经历了某些事件或者灾难了吧？”

“他并不是忽然间变成现在这样孤僻的，而是慢慢改变的。”

“那时，您一直陪在老师身边吗？”

“是的，我们是夫妻嘛。”

“那您一定知道他是怎么变得现在这样子的。”

“唉，被你这么一说我真的感觉痛苦呢。对于他这种情况我不知劝过多少次，我也问过他为什么会变成这样，到底是什么原因引起的，可他就是不说，我真的是没有办法啊！”

“那您每次问他时他怎么说的？”

“他只说没什么，他的性格原本如此，不值得大惊小怪的。”

听了夫人的话，我陷入了沉思，老师前后截然不同的性格真的无解了？

房间里变得安静起来，坐在隔壁房间的女佣一直没有出声。我简直将小偷这件事忘得一干二净。

“你是不是觉得他变得这样不喜欢与人接触肯定与我有关？”夫人又问。

“不是，您千万不要误会。”我急忙辩解。

“要是你这么想，那我真的是心如刀绞，你不会隐瞒我吧？不过，”“不管你怎么想的，就算你真的认为是我导致他那样的，我也无所谓了，我会一直守在他身边，尽最大努力做好我该做之事。”

“老师知道您对他很好的，他也非常感激，您不必担心。”我安慰夫人。

这时铁水壶响了，夫人顺便给铁壶里添加了一些凉水，又弹了弹火盆上的灰。

“我过去也曾多次请求过他，并告诉他如果我有什么做得不好的地方请一定提出，我会改的。可是他只说：‘你做得已经很好了，没有什么错，要说有缺点，那也是我有缺点。’被他这么一说，我更加难受了。你要知道我是真的渴望他好起来。”

说着说着，夫人有些动容，眼里似乎闪着泪花。

19...

我最初对夫人的了解并不多，也无所谓好坏，但随着聊天的深入我发现自己渐渐被夫人打动了。夫人不仅仅是个善解人意的女人，还全身心地爱着自己的丈夫，不曾有过背叛，不曾有过非分之想。她本来应该和丈夫过得很幸福。然而那看似平静的夫妻关系中却忽生变故，丈夫莫名其妙地性情大变，而这并不是因为她，她甚至都不清楚何以如此。她寻找过答案，但没人告诉她。丈夫的表现令她怀疑自己是被他讨厌的，然而又似乎不确定，这难道不算是一种精神上的折磨吗？现在最接近老师的我想弄清楚这个问题却怎么也弄不清楚。

老师用一种厌世的目光和情绪看待世界和周围的一切，这导致夫人也怀疑自己就是他讨厌的那一类人，这并不能怪她，她这样想也很正常。

夫人全身心地爱着老师，没有任何隐瞒，老师本应该以全部的爱回报她，事实上却没有，她一人在家胡思乱想，一度怀疑原来开朗外向的丈夫是不是因为讨厌她，进而讨厌周围的一切。唉，这个问题她怎么都想不清楚。老师表面上和蔼可亲，对她照顾有加，简直是个标准的模范好丈夫，夫人每天都被爱包围着，然而她的疑虑并没有消除，而是深埋于心，在我的一再追问下才吐露实情。

“你是什么看法呢？你觉得你的老师是因为我而变得不能融入社会，还是因为他忽然改变了自己的人生观才变得讨厌这个世界？我是认真的，请你告诉我。”

我是个直性子，从来不会隐瞒任何事情，可以说是知无不言，言无不尽。但在这个问题上，其实我是真的不知道。

“可是我确实不知道啊。”我坦白。

“唉!”夫人长叹了一口气，很明显，我的回答实在令她失望。

“不过，夫人，您也不用过分担心。至少我可以告诉你，老师并不讨厌你，他亲口告诉我的，我只是转述。老师不是那种随便说谎的人，对吧？”我说的句句属实。

夫人没有说什么。过了好一会儿，她若有所思地说道：“其实，我还想到一件事情……”

“是与老师的转变有关的？”

“嗯，我不太确定，但如果真是这件事情导致他改变的话，那我就宽慰多了，至少不是因为我的缺点或者我的原因了，我的罪恶感会少一些。”

“什么事情？您快说吧。”我有些急不可耐。

“嗯，我也是猜测，你自己觉得是那就是。”

我只希望夫人能快点儿说出那件事情。

“老师上大学时有一个非常要好的朋友，他们两个无话不谈，谁知那个朋友却在毕业前莫名其妙地死了，”夫人停顿了一下继续讲道，“朋友并不是正常死亡。”夫人的声音变得非常小。

“我只知道那个朋友的死亡有蹊跷，但怎么死的我并不知道，所以只能跟你说这么多。老师的性格发生变化就是在这件事情之后，其实他也不清楚朋友是为什么而死的，但是的确自这件事情之后，他变得沉默寡言，性格真的再也不是以前的样子了。”

“夫人，老师经常去杂司谷是不是就为了祭拜这位朋友呢？杂司谷的墓地就是这位朋友的吗？”我急切地询问。

“我不知道。他从来没告诉过我，”夫人神情异常安静，“可是，因为一个好朋友去世，人就会彻底改变吗？我不得而知，你自己判断吧。”

我的判断当然更加倾向于不太可能。

20...

我尽力地去安慰夫人，夫人似乎也从我的话中获得了不少安慰，她重新平静了下来。我们又聊了一会儿，话题依然是刚才讲的内容。但是，我还是没有得到自己想要的答案，问题的根本还是没有解决。夫人的不安也正是从这缥缈的薄雾般的愁绪中产生的。那个真相就连夫人自己也不知道，即便她知道恐怕也不会告诉我。所以，劝慰夫人的我和被劝慰的夫人，此时就像水中的两株浮萍，飘来荡去，手中无一物可抓，夫人试图依赖我的那个判断，而我的判断原本就站不住，也是不定的。

约莫晚上10点，门口响起了老师的声音，他回来了。夫人急忙起身去迎，她好像忽然忘记了刚才说的一切，丢下我一个人就走了。我也只得起身跟着她到门口去迎老师。女佣好像在睡觉，一直也没有露面。

老师的心情看起来不错，夫人的样子看起来更是高兴。她刚才眼睛里还有泪花，眉头紧蹙呢，这种变化可真快啊，我简直有点儿不能适应了。如果刚才的一切不是在演戏（实际上我并没有认为她是在演戏），那么，夫人对我的诉说就只能理解为一次情感诉说的游戏罢了，我也可以把它当作是一个女人玩的一场无聊游戏。况且我本来就不怎么关注夫人。现在，看到夫人神采奕奕的表情与刚才大相径庭，我反倒放心了，倘若真的如此，我也没有什么必要去担心了。

老师笑呵呵地问我："辛苦你了，你受累了，小偷没来吗？"接着又说："小偷没来不扫你的兴吗？"

我要回去了，夫人朝我点了点头："真对不起。"夫人的这句对不起听起来仿佛是因为占用了我的宝贵时间而说的，又好像是因为我没有抓到小偷白白来一趟而感到遗憾。可能更像后者，开个玩笑罢了。说完这句话，夫人转身将刚才吃剩下的点心用纸包了起来，塞到我手里。我把它装进宽大的袖筒里，出了门，走过人烟稀少的小巷子，向着繁华热闹的大街跑了过去。

那天晚上夫人所讲的话我至今记忆犹新，因为觉得重要，所以我将那些话都记录了下来。离开前从夫人手中接过点心的那一刻，我感觉我们的谈话其实并不算太沉重。第二天，我在食堂吃完午餐回到宿舍后，夫人送我的点心正好在桌子上放着，我拿出一块黑褐色巧克力蛋糕放进嘴里。回想送我这份点心的这对夫妇，他们应该算是这世界上所有夫妻中最幸福的一对吧，点心的味道真的不错，我细细地品味着。

入冬前的这段日子，并没有什么值得记录的事情发生。我依旧是老师家的常客，随着交情日渐深厚，我将一部分日常事务也托付给了夫人，比如洗衣服、缝缝补补等。我以前从来没有穿过衬衫，那段日子开始穿起了衬衫。一直没有孩子的夫人特别愿意照顾别人，她丝毫都不觉得照顾人是个麻烦事儿，反而认为这些事情没准儿对她的身体健康有利呢。

“这件衣服是手工制作的，我还从来没有做过这么好的料子呢，这种料子可真是不好缝，太硬啦，针很难穿透，缝它的时候用坏了两根针呢。”

抱怨的话从夫人嘴里说出来没有一点儿抱怨的意思，夫人也没有不耐烦的表情。

21...

刚入冬，我便接到一封家里寄来的信，说父亲的病情不太乐观，倒不是说病情加重，身体不行了，只是现如今一大把年纪，加之生病，希望我能够回家多陪陪他。接到父亲的来信，我决定回家去看看。

其实，父亲之前一直就患有肾病，这是一种慢性病，上了年纪的人容易得这种病。大家一直没太当回事儿，以为只要多注意一下就没什么大碍。父亲还经常跟来家里做客的人炫耀自己的身体保养之道。我们都认为父亲应该没什么大病。然而，事发突然，母亲在信里说，父亲在庭院里干活时，忽然就感觉一阵晕眩，然后就倒地失去了知觉。刚开始时大家都以为是脑溢血，买了一些治脑溢血的药给他吃，不见效，去医院让大夫看，经过检查才知道不是什么脑溢血，是他之前的老毛病犯了，这时家人才知道是肾病。

快放寒假了，干脆再坚持几天等放寒假了再回去，这样也能在家多待些日子。于是我就又在学校里待了两天，可就在这一两天里，脑海里总是时不时地浮现出父亲病卧在床的情景，母亲肯定整天都是忧心忡忡的，每每想起他们二老的样子就如坐针毡，与其这样还不如立即回家，于是我决定马上就买票回家。考虑到家里寄钱给我买票又需要等几天，为了节约时间，我打算先去老师家里借点儿钱垫付路费。

那天去老师家时，他感冒了，不舒服，看起来挺严重的。他不去客厅，招呼我去书房谈。冬日温暖的阳光透过大玻璃窗照进书房里，落在宽大的书桌上。但老师还是感觉冷，他在房间放置了一个火盆，上面架着一盆水，水蒸气不断地从水盆里向外散，老师说他的鼻子很堵，热的水蒸气会让他的鼻子舒服许多。

“感冒这类小病最烦人，还不如来一场大病呢。”老师笑着说道。

“感冒这类小病我倒是能忍，但是大病我可就没办法了，只有投降了。老师也应该和我一样吧。只有得过重病的人才能深刻懂得这其中的滋味。”

“呵呵，也许吧，再生病的话最好是绝症，这样岂不更痛快一些。”

老师说的这句话，我并没有多想，我告诉他母亲来信一事，我要回家一趟，因为时间原因想从他这里先借点儿路费。

“哦，那你肯定特别着急，这点儿钱不算多，我手头就有，你赶快拿去用吧。”

老师叫夫人过来给我取钱，夫人从一个放茶叶的柜子里拿出一沓钱，数了我需要的数目，然后用一张白纸认真地包住了给我，说：“你父亲的病听起来真让人担心。”

“你父亲经常会晕吗？”老师问。

“我不知道，母亲信上没说，不过，得这种病的人经常会晕倒吗？”我问老师。

“是的，经常会晕倒在地。”夫人回答道。我这才知道，原来夫人的父亲临终前患的也是这种病。

“这种病很难治好吗？”我问。

“应该是很难治好。我和你父亲应该互换一下，我替他得这种病就好啦。嗯，他呕吐吗？”

“我不清楚，母亲在信上都没提起过，可能也呕吐吧。”

“如果不呕吐倒是可能治疗好。”夫人说道。

那天从老师家出来，我就直接买了火车票，离开东京，坐上了回家的列车。

22...

经过一番长途奔波，我终于到了家。还好，父亲的病情并不如我想象中那么糟糕。我到家时，他盘着腿在地铺上坐着说：“看你们大家担心成这样，我就配合一下，忍一忍，不乱动，让你们照顾吧，不过要我倒下去可没那么容易哦。”然而他也就坐了那一天，等到第二天就非要坚持将地铺收起来不可。母亲怎么拦都拦不住，她只好收拾起地铺上的被褥，一边说：“你父亲就会逞强，你一回家他仿佛好了许多呢。”不过，在我看来，父亲的身体的确是好了许多，气色也好了，并不像是强打精神的样子。

我们兄妹三人都不在家，哥哥在遥远的九州工作，不到万不得已他是不会回来的。妹妹嫁得远，能回来一趟很不易，家里有什么急事都指望不上。只有我还是个学生，没有工作，方便回家。这次向学校请假跑回家，父亲心里还是挺满足的。

“为我这点儿小事情专门请假回家真是不值得啊，你母亲也不知道在信里怎样夸张地写我的病。”

父亲说得轻松，他还让母亲干脆将之前铺好的被褥收拾起来，以表示自己身体还像以前一样精神，根本不需要躺下来休息。

“您还是要注意休息，别不拿自己的身体当回事儿。”

听到我这样关心的话，父亲很高兴，但他又显然不是很在意。

“不会有什么事儿，我会特别当心的。”

父亲很愉快，他在家里走来走去，精神状态很好，好像真的病好了似的。唯一令我不放心的是他的脸色，要比正常人的苍白些。其实他的脸色并不是现在才变得这样苍白的，已经很久了，所以，家人也没有特别留意。

过了几天，我给老师写了一封信，感谢他借给我钱，我答应等正月里回到东京就还给他。怕老师担心，我告诉他父亲的病并不像我想象的那么严重，最近精神状态比较好，病情很稳定，既没有晕也没有呕吐。最后我又问了一下老师的感冒是否好了，当然，这仅仅是出于礼貌性的问候，感冒并不是什么大的病。

给老师的这封信寄出后我并没有期待他会回信，在家里和父亲母亲聊天时我也时不时会提起老师，提起他家舒适的书房。父亲建议道："你回东京去给老师带一些咱们家的香菇吧。"

"可以，但不知道老师喜不喜欢吃晒干的香菇？"我有点儿担心老师和夫人根本不吃这个。

"香菇的确不是什么值钱的好东西，但我还从来没有听说过哪个人不喜欢吃香菇的。"

寄出信后没过几天，我居然收到了老师的回信，因为我没有期待过老师的回信，所以收到回信时我真的很惊讶，虽然老师在信里并没有说什么特别的事情，而且老师肯定是出于友善才回信的，但无论他写得多么简单，能回复都让人欣喜。

这封信对我来讲意义重大，因为这是老师给我写的第一封信。这样说听起来仿佛我和老师常有书信交往，其实不然，老师只给我写过两封信，而现在我收到的这封信是他写给我的第一封信。另一封信是老师在去世之前特意给我写的，那封信特别长。

医生交代父亲不能过分运动，甚至不能走太多路，所以他的活动范围也就仅限家里了。他每天起床后就在房间里四处走动走动，也不出门。碰到风和日丽的好天气，我就陪着父亲在庭院里走走，晒晒太阳，呼吸一下新鲜空气。我让他将手搭在我肩膀上，这样走起来会轻松一点，可是父亲觉得没有必要，他要坚持自己走。

23...

只是散步难免无聊，有时父亲会叫我陪他下棋。我和父亲都属于自由散漫之人，我们将棋盘放在暖炉上，这样就可以随时将手伸到暖炉边上的棉被里焐着，不用担心受冷。因为地方不够大，我们会将赢来的棋子捏在手里，有时一不小心就会找不到，肯定掉在火盆里了，这时候母亲总要急急忙忙地赶来用火钳子将棋子夹出来，不及时的话那枚棋子就要葬身火海了。

“这种将棋最适合咱们爷儿俩下了，围棋就不行，这个暖炉太高了，又要烤着脚，不方便，将棋刚刚好，挪棋子也很方便，是吧？好，再来一局吧。”

父亲看起来很喜欢玩这种游戏，每次他赢了都会说一句：“再来一局。”输了他也会说。总之，不管输赢，只要在火炉边上他都会提议再来一局。刚开始和他下棋时觉得新鲜，这种类似于隐居者的娱乐游戏的确给我带来了很大的乐趣。但是时间一久，新鲜劲儿一过，乐趣再也不似以前了，我经常会手里抓着两颗棋子将手臂伸过头顶一连打几个哈欠。

这个时候就容易想念在东京的日子。那里可真热闹，永远有事可做，大家都在忙着。我似乎听到一个声音在内心深处不停地告诫自己：“做点什么吧！做点什么吧！”很奇怪，每每这个时候，老师的形象就会出现在脑海中，仿佛是他在讲这句话，又仿佛不是。总之，是被老师催促着要去做事情的一种感觉，而且这种感觉随着在家待得越久变得越来越强烈。

一个人时我脑海里不停地交替出现父亲和老师的样子。其实，父亲和老师对于其他人来讲什么都不是，他们的生与死，与别人没有任何关系。他们的存在对他人来讲甚至只能算作零。然而，这二人对于我来讲意义重大。父亲并不只是和我一起下将棋娱乐的人，老师也不仅仅只是我在旅游时随意碰到的一个朋友，他们对我的影响不是只停留在表面，而是通过长时间的相处，他们身上的某种东西已经渗入我的血液和头脑里，成为我身体不可分割的一部分。这些话一点儿也不夸张。父亲看着我长大，是我最亲的人，自然不必多说；老师是我在无聊的旅途中相遇的人，后来又经常在一起，他本与我毫不相干，可我发现他对我的影响甚至可以与父亲相提并论，这个发现真的令我感到有些吃惊。

我就这样无所事事地在家里待了一段时间。起初刚回来时，我在父母眼里是了不起的，但是后来渐渐变得平淡起来。其实这很正常，每一个大学生暑假回家时都会有这种经历。从学校刚回到家，父母处处围着你转，为你着想，给你做想吃的东西，家里热热闹闹、欢天喜地、有吃有喝的，一派过节的欢乐景象，时间一久，刚回到家时的那种新鲜热乎劲儿就退却了，父母兄弟姐妹对你的态度变得平淡普通起来，那种被关注的感觉也没有了。

我现在正好就是这样的，父母对我的新鲜热乎劲儿已经过去了，而我已经觉察出了自己身上所带的某种东京习气令他们感到不习惯，自从在东京上学后我就不自觉地染上了一种东京习惯，这一点我不太能觉察出，但父母能感受得到，怎么说呢？带着这种东京习惯回家就像是带着天主教的习气进了儒家之门，我早就知道父母看不惯这一点，但我也没有办法，这种习气已经渗透进我的身体，即便我刻意努力地回避也没办法全部掩饰，我已经感觉乏累了，想离开家乡回到东京去。

还好，父亲的病情没有加重。为了慎重起见，我们又从很远的地方请来专家为他检查，也没有查出什么异常的情况。既然这样我就心里想着赶在放假结束之前回东京。我将想法告诉了父母，谁知他们二人异口同声地反问："怎么这么早就要离开啊？不是还没开学吗？为什么不再多待一些日子呢。"

"再住上四五日出发也不会迟到的。"父亲说。

算了，我还是决定立即出发返回东京。

24...

回到东京，年已经过完了，各家各户门前的门松都已经拆了，冷风嗖嗖地吹着，丝毫没有刚过完年的迹象。

那天，我准备好要还的钱，还有从家里带来的晒干了的香菇，一并拿好去老师家。为了显得正式一点儿，我将干香菇用一个新的点心盒子包装了一下，特意对夫人说："这是家母的一点心意，希望您能收下。"夫人说过"谢谢"后彬彬有礼地收下了盒子。我注意到她接过盒子时脸上略露疑色，"这是什么点心啊？"夫人问。肯定是感觉盒子太轻了吧，夫人亲切的时候，很容易让人看出她那孩童般纯粹的心地。

坐下后，老师和夫人问了一些关于父亲病情的事情，最后老师说："哦，是这样啊，听你这么说，现在还不至于太令人担心，但说到底这个病也不小啊，平时一定要多注意。"

说到肾病，老师显然知道的比我更多。"得肾病的人自己往往感觉不到身体有什么大碍，觉得和平常没什么区别。我以前就认识一个军官，他其实得肾病已经很久了，但自己根本不知道，半夜里感觉极不舒服，叫醒睡在身旁的妻子；妻子都来不及怎么照顾他，第二天起来时发现人已经死了。说来简直让人难以接受，他的妻子后来说自己当时以为他只是在睡觉呢。”

听了老师的这番话我心情有点儿沉重了。

“父亲会不会也是这样毫无知觉？这个真的说不准啊！”

“为他看病的医生怎么说的？”

“医生说这种病无法根治，但现在的情况也没什么大碍。”

“那你就不要太担心了，我刚才说的那个军官，他对自己的身体不是太关心，平常身体上的小毛病他也不在意，全然不当一回事儿，而且脾气暴躁爱生气。”

我心情稍微平静了一点儿，老师接着说：“人是非常脆弱的生物，无论身体健康与否，都是一样的，谁也不知道自己将会以什么样的方式结束自己的生命。”

“老师经常会考虑这样的问题吗？”

“我身体很好，要说完全不想也是不可能的。”

老师微微笑了一下。

“活得好好的突然就去世的人也有，就是猝死，有人是自然地去世了，也有人可能是非自然的暴力去世。”

“那您有没有想过那些被杀的人呢？他们属于非自然暴力死亡吗？”

“哦，这种啊，我以前的确没想过被杀的人，被杀的人应该属于非自然暴力死亡之列。”

关于自然死亡与非自然暴力死亡，我们就谈论了这么多。那天谈话完后我没有多停留，就回宿舍了，也不再为父亲的病而感到难过。似乎我们所谈论的一切事后我都忘记了，并没有留下深刻的印象。接着我就开始着手写自己的毕业论文了，这篇论文我几次都说要开始写了，但就是没有动笔，现在还不动笔的话就太晚了。

25...

六月份就该毕业了，一般情况下毕业生在四月份就应该完成论文了，而我掐指一算离截稿日期不远了，还有好多没有做，真的有点儿气馁。许多同学早早就已经开始泡图书馆搜集资料，做笔记，而我那时并没有忙起来，游手好闲什么都没有做。怎么办？只有过完年后大干一场了。可是，写着写着，又感觉疲乏写不下去了。到现在为止，也只空空荡荡地写了个论文框架，提出了问题，还没有开始解决。真是烦恼呢。时间很紧迫，我只有试着把论文里提出的问题再细致化，范围进一步缩小了，然后将匆忙搜集来的相关资料用语言梳理了一下，再一一罗列，最后加了一段总结性的文字，总算是糊弄完了。

我的论文选题和老师的专业很相近，我曾经跑去老师家讨教过，希望他能给我一些写论文的建议。可惜老师没怎么说话，他看了看我的论文题目只说了句："还行吧。"后来我又跑去找他，问他该看哪类书。和老师聊了一会儿论文的事，老师又从书架上取出几本书借给我，说是里面可能有我需要的内容，我希望他能具体地指导一下我写论文，可老师看上去并没有兴趣做这件事。

"我离开学校已经很久了，对于书都没有多大兴趣了，现在的新事物、新观点更是很少接触，你还是问一下你们学校的指导老师比较好。"

我记得夫人跟我提起过，老师以前是个喜欢读书的人，后来，不知什么原因，连书也不怎么感兴趣了。我忘记了论文之事，便追着问了一句："老师为什么对书也失去了兴趣？您以前不是这样子的吧。"

“其实也没有什么原因，就是觉得读再多的书，学再多的知识也成不了一个伟大的人。后来……”

“后来怎么啦？”

“没什么，以前年轻时别人提问题或者说起某件事情时，如果自己不知道会感觉很丢人，但现在不同了，不知道答案也不见得就是一种耻辱，所以也就没有了以前那种求知若渴的心态。其实说到底，还是人变老了的缘故。”

老师说话时显得很平静。背对社会生存的人所经历的辛酸我无法得知，所以老师说的这些话我竟然没有什么可反驳的。我没有觉得老师年纪大，也没有觉得老师是个伟大的人。

论文成了我的一大难题，每天一起床就要面对，真的令我头大。实在没有好办法了，我想到了找找往届毕业的学哥学姐，他们都写过毕业论文，肯定经验丰富。我联系的一位毕业生说他是在截止交稿的那天乘车赶到自己的论文指导老师的办公室，这才算是赶上了。还有一个毕业生说他们交稿截止到下午5点，但他赶到时5点15，晚了15分钟，还好有教导主任说好话，否则他会被取消资格。咨询反倒搞得我有些不安了，天天这样紧张也很难过的。后来我索性心一横，不想那么多了，也不管时间紧张不紧张，只是每天一味地伏案奋笔疾书，或者一头钻进图书馆，埋头在高高的书堆里。那段时间我整个人就像一个发掘古董的人，一心只是搜索烫金字。

寒冷的冬季就要过去了，刺骨的北风不知什么时候变成了南风，校园里和街道上的行人开始赏樱花了。我依然在埋头苦干，将论文一点一点地补全。终于，功夫不负有心人，在四月下旬，也就是最后期限来临前，我的论文画上了最后的句号。做论文的这段日子我一次都没有去过老师家。

26...

论文写完后我又重获自由了，此时樱花落尽，樱树上的红色已经褪去，绿叶渐上枝头，夏季马上就要来临了。走出校门后我感觉自己就像是一只被关闭多日的小鸟，刚从鸟笼里飞出，迫不及待地扑闪着翅膀要向更高更远的天空飞去，恨不能将脚下的大地一览无余。而我第一个想去的地方就是老师家。

家家户户门前篱笆上的枝条开始吐出了嫩嫩的绿芽，原本枯黄的石榴树枝也冒出了茶绿色的新叶，明亮的阳光洒在这些枝条上斑驳透亮，非常好看。我真是太爱这个季节和眼前的景物了。

老师也为我开心：“论文完成了？真是不容易啊！”

“嗯，托您的福，论文已经完成啦，现在无事一身轻。”我非常轻松地回答。

完成论文给我的感觉就好像是完成了人生中的某件大事，从此可以告一段落了，在这个承上启下的日子里终于可以无牵无挂、痛痛快快地放开玩儿了。我真的对自己的论文很自信，总是忍不住在老师面前提起写论文之事。老师总是一副老腔调地回应“哦，原来如此啊”“这样啊”“不简单呢”……没有真实的评论，这不免令我失望。

那时我刚二十岁出头，精力充沛，加上无事可做，根本在家里待不住，总想着出远门。于是，我约上老师去大自然中散步，去看那些刚刚复苏的绿色。

“老师，不如咱们去郊外走一走，散散心吧。”我提议。

“好啊，去哪儿？”

其实我去哪儿都无所谓，只要能和老师一起去散步就行。

离开市区，我们漫无目的地走着，大约一小时后就来到了城乡交界处。我从路边的篱笆上摘下一片柔软的叶子，放在嘴边吹起了叶笛。叶笛是一个朋友教我的，他是鹿儿岛人，有一段时间我经常模仿他吹叶笛，现在还没忘记怎么吹，吹了几下就熟练了。我很得意自己的这个小技巧，老师则摆出一副不在乎的样子，我们就这样一起走着。

前面一条羊肠小道不知通向何处，我和老师沿着它一直向前走，小道的尽头是一个庭院，被郁郁葱葱的绿叶遮掩着，门口边有一个立柱，上面模糊地写着几个字，看不清楚。不过可以肯定，这并非私人的宅子。向里望了一眼，有一个小坡，老师来了兴致，说："去里面看看吧。""是个小花园吧。"我自言自语道。

推门进去，里面都是各种各样的植物花卉。我们走了一圈后，继续走向深处，发现左侧有一间房子，门开着，里面空荡荡的，没有人，只有一个大鱼缸，里面有几条鱼儿在悠闲地游来游去。

"这里真安静啊，我们这样不打招呼就进来不太礼貌吧。"

"没关系的吧。"

真的是没有一个人，我和老师又继续向里走，有一处栽种着大片的杜鹃花，这个时节开得正好，一大片紧挨在一起，看起来像是燃烧着的云朵，"那个很像是雾岛。"老师指着一株长得很高的橘黄色的杜鹃说。

走过那片杜鹃花地，是一片芍药花地，占地大约有十几平方米吧，大概是还没到开花时节，所以尚未结出花骨朵。芍药地边上有一条很长的旧木凳，老师走过去索性伸开手臂和腿脚躺在上面了，我将就着坐在长凳上剩下的一角上，点了一根烟抽了起来。

老师躺在长凳上眯着眼睛望向天空，此时天空高远而蔚蓝，我的身心则完全沉浸在眼前这片茂密的绿叶丛中，无暇旁顾，无论从哪个角度眺望这片绿色，它都能给你绝美的感受，不同于以往的任何感受。这片绿色层次分明，深浅不一，美到无以复加，令人沉醉。

27...

一阵清风吹来，老师挂在小树上的帽子被吹掉了，沾上了一些地上的红土。我捡起来用手指弹了弹递给老师："老师，帽子掉了。"

"哦，谢谢！"老师用一只胳膊肘撑着身子半坐了起来，背靠着长凳，伸手接过帽子时他问了我一个很奇怪的问题：“冒昧问你一句，你家里有多少资产？”

“没有多少吧。”

“那大概是多少呢？请原谅我的失礼。”

“嗯，要细算的话就是一些耕地和山地，现金倒的确是没有多少。”

我们之间的谈论从未涉及这些内容，这是老师第一次这么正式地问我的家庭经济情况。其实，对于老师的家庭收入我也想了解，只是还从来没有开口问过。老师一直没有工作，没有收入，他和夫人的家庭开支靠什么？这个疑问在我心里一直挥之不去，但我又觉得直接问别人这个问题太露骨了，所以不敢冒失地开口。

看了一会儿绿色，我闭上眼睛休息，这个疑问又冒了出来，于是我开口问道：“老师，你家里有多少资产呢？”

“你看我像是有钱人吗？”

单从老师的衣着上是看不出来的，老师外表看起来很朴素，他的房子也不大，因为没有多少人要住，也没有什么人需要养活。他家里的日常生活用品虽然不是应有尽有，但是看起来还是蛮齐全的。在我看来，老师家不是极奢家庭的铺张浪费，但绝对不会缺少钱的，不会因为钱而降低生活品质。我试探着说道："难道您不算富有之人吗？"

老师从凳子上坐了起来，伸了伸腰，将腿盘起，说："缺钱倒不至于，但绝对算不上是富人，要是真富有的话我还不买个大点儿的房子？"

老师边说边从凳子下面捡起一根细树枝，顺手在地上画起了圆圈，然后又顺势将树枝直直地插入土里，上面露出一大截。

"但是，以前我可以算作富人。"

老师像是回答我，又像是在自言自语。我没有说话，只是静静地看着远处。

"以前我可以算作富人。嗨，我说话你听见没有？"老师又重复了一次，他扭过头来看着我笑。我还是没有回答，因为不知道怎么回答他的话，索性不开口得了。

老师见我没有接他的话茬，就换了一个话题。

"说一下你父亲吧，他的病现在怎么样了？"

其实我也就回去过一次，过完年后再不知道了。我每个月都会收到家里寄来的生活费，还有一封父亲手写的简单家书。他从来不写自己的病怎么样了。从字体上也看不出来什么变化，字迹一如既往的工整，这种病严重时会手抖，但他写的字没有手抖的痕迹。

“父亲写的家书里没有提起过他的病情，可能还是原来的样子吧。”

“那就好，还是要多注意一下，毕竟是得病了。”

“这种病最终都会不行，但目前父亲比较稳定，他从来不提自己生病的事儿。”

“哦？”

我自始至终都以为老师是随便聊一聊的，顺便问一下我家的经济情况，还有父亲的病情，我们之间的谈话纯粹是普通人的谈话。其实，后来才知道他话外有音，这两个问题是有联系的。

28...

“我并不是有意多管闲事，或者有别的什么企图，如果你家里有财产的话，最好还是趁着你父亲健在就将这些财产理清楚，合理分配好。这样万一你父亲不在了，事发突然，光财产分配一项就会弄得你焦头烂额。”

“嗯，知道了。”

我点了点头，我相信母亲、父亲，还有家里的兄妹是不会为财产问题纠结的，我更不会。让我感到意外的是老师对我说起这件事情，他不像是我以前认识的老师，他原来是如此现实的一个人。出于对长者的尊敬，我没有去和老师争论这件事，我什么也没有说。

“我想和你分析一下你父亲过世后可能出现的事情，你会介意吗？请你一定要理解，人总有一死，无论生前如何健康，终点都是死亡。”

“没事，我不介意。”我回答。

“你有兄弟姐妹吗？”老师问。

接着又问了家里的其他亲戚，例如叔叔、阿姨等，他们的现在过得如何，“他们人品怎么样？”

“也还行，说不上多好，也说不上多坏，因为都是小地方的人。”

“小地方的人就不是坏人啦？”

老师步步紧逼地追问，弄得我有点窘迫，但他丝毫没有要停下来的打算，“小地方的人有时候比城市里的人更坏，他们可能更会耍心眼呢。你说你的亲戚人品也还行，意思是他们并不是坏人？你对人的评判标准是什么？在你的标准里是没有坏人的吧？其实不然，人大体上来讲都算不上坏人，至少算是个普通人吧，但是，坏人与好人的区别主要在于遇到关键事件时会突然变脸，所以你要提防着，不可掉以轻心。”

老师还想继续讲，这时后面突然传来一阵狗吠声，我和老师都吓了一跳，忙扭头去看。

一条狗从我们身后茂密的竹林里窜了出来，那片竹林可不小，大概有十平方米的样子，旁边是一些杉树苗。狗在汪汪叫时，一个十来岁的小男孩也跟着跑了过来，先训斥狗不让狗乱叫，然后又跑到老师跟前一本正经地行了个礼说：“叔叔好，你们进来时看见有人在屋里了吗？”

“没看见有人啊。”

“我姐姐和妈妈在厨房，刚才还在的。”

“哦，是吗？”

“叔叔，你们进来时应该敲门先通知一下的。”

被小男孩这么一说，我和老师都有些尴尬了。老师苦笑了一下，伸手从怀里取出钱包，拿了一个铜板给了小男孩。

“麻烦你告诉妈妈，我们在这儿休息一下，好不好？”

小男孩开心地接过铜板，点了点头就跑了。他穿过那片杜鹃花圃，朝下面跑去，狗儿也随即翘起尾巴追了过去。

29...

被狗和小孩子打断后，老师刚才谈到哪里都想不起来了。

总之，金钱对于当时年轻的我来讲，是个遥远的话题，老师不断提起的家庭财产问题，我从来都不曾担心过。我的性格，加之当时的状态，以及所处的环境，脑子里根本就想不到这个问题。现在回想起来，可能是我没有接触社会，还没有独立生活，无法体会出金钱对于我的意义。

老师所说的话里，有一点我很想搞明白，就是人在关键时刻真的会变成坏人吗？他这样说是什么意思？在我看来只有经历过的人才能说出这样的话，老师肯定经历了很多事情。

绿色的园子又恢复了安静。有好一会儿，我和老师谁也没有开口，就那样静静地坐着。天空变幻了颜色，光线渐渐变暗，眼前的大枫树在微风中摇摆着枝头嫩叶，也渐渐暗了下去。远处传来大货车开过的声音，轰隆轰隆的，显然满载了货物，大概是来村子里收各类植物、花卉和木材拉集市上去出售吧。大货车的轰隆声惊到了老师，他仿佛从沉思中回过神儿来，从长凳子上站了起来。

“该回去了吧，白天的确变得越来越长。这样优哉游哉地享受，时光流逝得有点快啊！”

老师从长木凳子上站起来时，后背的衣服压出了许多木凳的痕迹，我用手在老师后背上抚了抚，将它们抹平。

“谢谢，沾上树脂了吗？”

“没有，已经干净了。”

“哦，这件外套是新的，夫人刚刚帮我缝好的，要是弄脏的话，回家夫人肯定要说我的。谢谢你帮我把它弄干净。”

我们边聊边走到那间屋子前面。刚才来时这间屋子里没有人，外面的围廊上也是一个人影也没有。而此时，一个女人正和一个十五六岁的小姑娘在纺线，她们将纺好的线仔细地缠绕在专门的绕线板上。我和老师径直走到大金鱼缸前，对她们打招呼："实在抱歉，我们在里面休息了一会儿，打扰了。"

"不用客气，是我们怠慢了。"那个女人就是刚才男孩的妈妈，她为我们给了小男孩铜板的事儿表达了谢意。

从小园子出来往前走，过了两三条街道后，我问老师："您刚才在园子里说人都是会变坏的，不管是谁，一到关键时刻就会变坏，我不太懂您的意思。"

"事实就是如此，这不是什么深奥难懂的道理，也没有更深层的含义。"

"我也承认这个事实，只是想问一下：您所谓的关键时刻指的是什么时刻？还有什么情况？"

老师看了我一眼，笑出了声音，他这种样子仿佛是说，现在已经过了讨论问题的时刻，他已经不想再提起这个问题了，于是就简单概括地说："钱，实质上就是钱的问题，你啊你，还是太年轻。现在的人，即便是个正直的人，若是为了钱也会变坏的。"

老师的口气好像这个问题根本不需要再讨论了，任何人都应该明白。看到老师已经热情冷却，我也只好作罢。

不再考虑问题果真轻松了许多，步伐变轻松，人也走得快了，有几次老师都跟不上我了，于是他不得不在后面“喂喂喂”地喊我。

“喂，我说的没错吧？”

“没错什么？”

“我一个简单的回答就能改变你的心情，你现在快多啦。”

我停下脚步等老师赶上来，结果他赶上来就对我说这样的话。

30...

哼！太可恶了！我故意不理老师。他跟我肩并肩走着，我就一直不开口说话，原本想问的问题也故意不问。他倒好，还像个没事儿人似的，根本不去注意我心情的变化。他还是像平常那样沉默着，步伐平稳，自顾自地走着。看他的样子我忽然莫名地有些生气了，好想惩罚一下他。

“老师。”

“嗯。”

“您刚才在小园子里时可比平常要兴奋哦，您以前从来都不是这样的，今天算是开了眼了。”

老师并没有停下来，也没有马上回答我。对于这个小小的言语刺激我有点儿得意呢，但他这样不理不睬，我又觉得好像自己没有说到他的最敏感处，有些不甘心。可是也没办法，我就又闭上嘴什么也不说了，我们就这样继续走着。忽然，老师朝路边走去，那里是被修剪得很整齐的矮篱笆，老师站在矮篱笆下扯开衣服就开始小便，我呆呆地站在边上守着他。

“失敬啦。”

老师说完就收拾好，迈开脚步向前走去。我也放弃了要驳倒他的想法。我们从郊外向市区走，路上渐渐变得热闹起来。大片的绿色田地已经完全看不见了，取而代之的是马路两边整齐的房子。不过偶然能看见一些美好安静的景象，住户房屋边插的竹竿上爬着几株藤蔓植物，有些楼边上被钢丝圈起来，里面养着几只鸡，还有一匹接一匹从市中心向郊外奔跑的马。原本纠结着要问老师的问题我也忘记了，被这些街边小景完全吸引住了，以至于老师问我问题时我一下子反应不过来。

“我刚才是不是过于激动兴奋了？”

“也不是过于激动兴奋，不过的确有点儿兴奋，这倒是不难看出。”

“其实也不算什么的，我偶尔情绪高涨也是本来就有的。提起财产我肯定会兴奋，不知道你会怎样看我。但我在财产问题上是不会动摇自己的观点的。就算再过十年、二十年，我也不会忘记别人曾经带给我的耻辱和伤害。”

老师说着说着又激动了，说话的语气也加重了，但这都不是我要重点关注的。老师亲口告诉我关于他的事情，这个是我意料之外的。以老师的性格，他并不是那种纠结财产问题的人，然而他如今却对这个话题念念不忘，是我过去和现在想都没想象过的。看来过去我所认为的柔弱的老师并不是那样的。此前，我一直都把自己对他的崇敬植根于他那柔弱之中，刚才还想意气用事，去刺痛一下老师，现在，在他的一席话之后，我感觉自己实在太渺小了。

老师似乎并不关注我的感受，他继续说：“有人曾经深深地伤害、欺骗了我，这个人不是别人，他是与我有血缘关系的亲人，我这辈子绝不会忘记。我父亲在世时他们装出一副好人的模样，我父亲去世后全部露出真面目，真是一群忘恩负义的小人。我自小就背负着他们给我的屈辱和伤害，一直到今天，还要继续背负到我老死的那一天。因为我到死都不会忘记，况且我还没有报仇呢。我所做的事情已经超越了本分，我不光是仇恨他们，连并着这块土地上生存的那一类人我都仇恨，想想这已经足够了。”

听了老师此番话，我愣住了，竟然不知道如何去安慰他，半句话都说不出来。

31...

可惜的是那天的谈话没有持续，而是戛然而止，我有些担心老师的情绪过于激动，于是没有再将话题向下引。

到城郊后，我们上了一辆电车，一路无话，下车后也没有讲几句话。告别时，老师的神色异常。他的激动显然还没有过去，他笑着摘下帽子说：“啊，从现在开始，直到六月份都是最舒服的日子，要好好享受哦，说不定还是这辈子最舒服的日子呢，打起精神吧。”我偷偷瞄了一眼老师的脸，找不到一丝受过伤害的痕迹。他到底将过往的那些憎恨藏到哪里去了？深埋于内心？可是，他的眼睛、嘴巴、额头，没有一处厌世的迹象，从外表上绝对看不出来。

必须承认，老师的许多看法和想法影响了我，或者说启发了我，在许多问题上我非常愿意接受他的思想，但是也有一些事情我是有自己的看法和意见的。老师在谈论某些观点时常常会不了了之，因为我无法接受也不太理解，他只好作罢了，也懒得跟我费口舌解释。那天我们在小公园里的谈话就是这样的，没有结尾，在我心里一直存着一丝悬念。

我是一个直率的人，说话时往往不会顾及老师的感受，有一次终于鼓起勇气在老师面前把话说开了。难得的是老师知道我的个性，也并不介怀。我说：“可能是我脑子太笨，很多事情想不明白，这也就算了，但是我觉得特别不理解的是为什么您明明清楚我想知道什么却总是不告诉我。”

“我不知道啊，我并没有对你隐瞒什么。”

“撒谎，您隐瞒了。”

“要说我隐瞒了，那一定是因为你把我告诉你的事情和观点，与我个人过去的经历搞混了吧。我的确是个爱思考问题的人，而且我也喜欢将我所想到的问题与你分享，我不会刻意去隐瞒我的想法。再说了，也没有隐瞒的必要啊。但是，你若要我将自己过去的真实经历都公开说给你听，这个可就不一样了。”

“怎么不一样？我觉得一样。一个人的思想来自于他过去的经历，没有经历怎么会形成一个人的世界观呢？要是你把经历和思想看成没有关联的两个东西，对我来说才是真正的没有意义了。你扔给我一个没有灵魂的壳子，无论如何我是不能接受的。”

大概是觉察出了我的执着，老师有些意外，他看着我的眼睛，捏着香烟的那只手微微动了一下。

“你太执着了。”

“我只是认真罢了，对于自己特别在意的事情我一定要知道得清清楚楚。”

“一定要让我揭发自己的过去吗？”

揭发？这个词只有当自己是罪犯时才会用到，这给我带来一丝不安。老师的脸色有些苍白。我忽然发觉坐在我面前的这个人好像不再是平日里尊敬的老师，而是一个犯有某种罪过而且隐藏很深的人。

“你是认真的吗？”老师盯着我问道，“因为过去的一些特殊经历，所以我才变得不信任任何人。事实上，就连你我也不太信任。可是，我真的不能说服自己去怀疑你，你太单纯了，像一个单纯可爱的少年，让人不忍心去怀疑。在死去之前，我希望能有一个人让我可以信任，你是这个人吗？你愿意成为我所信任的人吗？你是认真看待这个问题的吗？”

“如果我的生命是认真的，那么我所说过的话都是认真的。”我非常平静地说。

“好吧，”老师停了一下，忽然声音有些颤抖，“我说吧，我会将自己的过去完整地告诉你。不过，嗯……”老师似乎又有些犹豫，“我的过去对你可能并没有什么用处，不听更好吧。是的，对你毫无用处，还是不听为好。”老师好像已经下定了决心，但这个决心又瞬间改变了，“所以，我现在决定还是不告诉你，等到合适的时机我会全盘托出的。请你务必耐心等待。”

他不愿意说出来谁也没有办法的，我又不能去强迫他，只好心情压抑地回到宿舍。

32...

我的论文通过了，在我眼里，那篇毕业论文可是非常好的，但在教授眼里我的论文可能算是勉强过关吧，但这又有什么关系呢，反正已经顺顺利利地通过了，不必去在意分数的高低了。

毕业那天，实在没有什么干净的衣服可穿了，我从箱子里翻出一件冬天的大衣披上了，好久都没拿出来穿过，衣服上有一股霉味儿。到了毕业典礼会场，满场子的人都喜气洋洋的，大家互相交谈。而我，由于身上裹着厚厚的棉大衣，出了不少汗，手心都是湿的。

好不容易毕业典礼结束了，我奔回宿舍赶快脱掉了大衣，再后来因为太热了，我干脆脱光了衣服，打开窗户。我将毕业证书卷成望远镜的样子，通过它看外面。看了一会儿我就把它扔在桌子上，而我自己则像一个完全放松下来的人，伸着胳膊和腿，摆成一个“大”字，横躺在宿舍的正中间。我一边回想着自己这么多年来的学生生涯，一边又想象着自己的未来，感觉自己像是要跨越这两个世界的人，而隔开这两个世界的竟然是那张薄薄的毕业证。这张纸到底承载了多少意义，真的是越想越觉得不可思议啊。

拿到毕业证书的那天晚上，老师约我去他家吃饭。我们早前就约好了，如果拿到毕业证书，顺利毕业了，那就去老师家庆祝一下，不去外面吃饭。

那天晚上我们没有在餐厅吃饭，而是将饭桌挪到了客厅外廊，那里的空间较餐厅要宽敞些。餐桌上铺着一张花桌布，又厚又硬，在灯光的照耀下显得很是美好。老师如果在家吃饭，餐桌会是非常讲究的，碗筷一定得放在白色的亚麻布上，就像西餐那样的摆放法，而且桌上的餐巾、手帕之类一定要洗得洁白反光。

提起餐桌用的餐巾，老师说："我喜欢白色的，就跟男人的领口、袖口一样，要是脏了一点儿，那就不要再用了，要是不愿意清洗的话，还不如从一开始就选用那种有颜色的东西。要白就要白得彻底，要不白就索性用其他花色。"

在我看来，这就是一种洁癖，老师的书房从来都是收拾得干干净净，不曾有一本书是乱放着的。这一点我第一次来老师家做客时就发现了。

我问过夫人老师是否有洁癖，夫人说好像有吧，但他对自己的和服倒不是很在意，经常随便放。坐在一旁的老师发话了："其实我应该算是有精神洁癖吧。"他微微一笑说道："有精神洁癖的人才会感觉痛苦，我始终都很痛苦，细想一下我还真傻呢。"老师所说的精神洁癖是神经质的意思，还是洁身自好，当时的我并不明白，夫人好像也不太知道，或者说不清楚。

那天晚上，我和老师分坐在夫人两边，夫人的座位正对着庭院，我们面前的桌子上都整齐地摆放着白色醒目的餐巾。

开饭前，老师先端起了桌上的酒，说道："祝贺你！"夫人也举起了酒杯。而我并没有那么高兴。因为我并不是很期待这句话，这句祝贺的词并不是谁说我都要表现出快乐的样子。老师举杯对我说这句话时我察觉他的语调里并没有半点儿让我开心的因素。虽然他在微笑着，脸上的笑容里也没有一丁点儿不好的意思，更没有丝毫嘲讽的意思，但是，我也没有看出来他是要真正祝贺我。他那个动作像是一种客套，想要表达："一般情况下大家都是这样做的，无论怎样都要庆祝一下的嘛。"

夫人这时开口了："真是不容易啊，上了这么多年学，这下就要正式毕业了，你父母一定会为你感到高兴的，他们一定很期待这一天呢。"夫人这么一说我倒的确有些想父母了。父亲还在生病，我好希望赶快拿着毕业证给他们看，让他们也高兴高兴。

"那老师您的毕业证呢？还保留着吧。"我问。

"哦，对了，我的毕业证呢？你放在什么地方了？"老师扭过头去问夫人。

“从来没去找过，大概还在老地方放着吧。”

看来他们两个人谁都没在意过毕业证，找不到也没关系，不是什么要紧的事情。

33...

那天吃饭时，夫人将女佣招呼到隔壁，她要亲自为我们盛饭倒酒。以往在老师家吃饭也是这样的，家里一旦有客人来夫人必定会亲自招呼，这好像是老师家的惯例。一开始我还有些不太习惯，来的次数多了也就慢慢接受了，变得不那么拘谨了。

“要茶吗？要不要再来点儿米饭？真的挺能吃的呢。”

夫人与我熟悉后常常会开些小小的玩笑。但是那天吃饭时，我的精神头并不大。

“真的不要再来些米饭？你今天吃得可没有往常多噢。”夫人说道。

“天气太热就吃不下太多，没有食欲。”

看我们都差不多吃饱了，夫人就叫女佣收拾了碗筷，然后拿出一些冰激凌和水果。

“尝尝吧，这是我自己做的。”

夫人平日在家时间较多，她学着自己做冰激凌，味道不错，我连着吃了三杯。

“说说你毕业后的打算吧，你想做什么工作呢？”老师向外面挪了挪身子，将背靠在开着的那扇门上。

这半年来我一心只想着毕业，至于毕业后的打算还真没想过。夫人见我半天没说话，就笑着问道：“想当老师？”我还是没有回答。“那想做官？”听她这么一说，我和老师都笑了。

“我目前还没有考虑过工作的问题，到底要做什么，我自己也不太清楚，总想选个好一点儿的工作，但什么工作好，什么工作不好，没有做又怎么能知道呢，所以最大的困难是选择。”

“嗯，那倒也是，手头有钱花的人在工作这个问题上是不着急的，比不得那些没钱的，没钱的人可沉不住气，早已经在找工作了。”

夫人说得没错儿，我的一个大学同学，家里再也出不起钱供养他了，只盼他毕业后赶快找份工作挣钱，他还没毕业时就已经联系着当中学老师了。我承认夫人说得对，但嘴上却不肯放松："我跟老师的想法一样。"

"你可别去学他，你会没出息的。"

夫人笑着打趣，老师也苦笑了一下。

"跟我学也不见得就错了。不过，我还是要叮嘱你一句，趁着你父亲还活着，尽快分清楚财产，属于你的你就拿到手，否则以后有你麻烦的。"

老师的话让我又想起了那日去郊外的小公园，还有那个五月里盛开的大片大片的杜鹃花。在回家的路上，老师神情激动，他跟我讲的故事我还记得很清楚，我知道老师经历了一些事情，但是他没有跟我讲，只抛给我一个开了头的故事，结尾不知在哪里。

"夫人，我要问你一个问题，你家里有多少财产？"

"为什么要这么问呢？"夫人显然被我这个突如其来的问题给问蒙了。

"我问过老师，可他没有回答我。"

夫人笑着看了看老师的脸："我们没什么钱，又不是富豪人家，所以不好意思告诉你呗。”

“那么，到底是多少呢？我想知道过你们这种日子需要多少钱才足够，回家后和父亲谈判时也好有个参考。”

老师看来是不会回答我的问题的，他转过头去对着庭院抽烟，我只好问夫人了。

“过日子与钱多少没有太大的关系，钱多钱少都得过活，我们只是生活着而已。你要是像你的老师那样什么也不去做，那怎么行呢，还是要选择一份工作去做，不要糊里糊涂地过日子。”

“我怎么就糊里糊涂地过日子了？”

老师轻声地否定了夫人刚才说的话。

34...

晚上十点来钟我才离开老师家。我决定回家去看望父亲，就在最近几天，越快越好。我将想法告诉了老师，打算与他辞行。

“我很快就要回老家了，可能很长一段时间都不能来您家了。”

“九月份能回来吧。”

“大概能吧。”

我已经毕业了，没必要还像往年一样赶在九月份回到东京上学，八月份正值盛夏，天气又太热，我不想来，不想将宝贵的时间花在找工作上。

“哦，那注意身体啊。今年夏天会很热，我们可能会去某个地方避暑，到时候会给你寄明信片。”

“那您和夫人要去哪儿避暑呢？”

“呵呵，我们还没决定好去哪儿呢，现在定还有点儿太早了。”老师笑着说。

就在我准备起身离开前，老师忽然抓住我的手问：“你父亲的病怎么样了？”我真的不知道，他们在信上只是说身体很好，既然没有说什么，那我推测应该没什么大碍吧。

“这种病不能掉以轻心，有很多这种病人前期没有当心，结果导致尿毒症出现，到那个时候可真就来不及了。”

“尿毒症”这个词儿我都没听说过，根本不知道这是一种什么样严重的病。上次家里请来的那个医生也没有提及过这种病。

“你回家后一定要好好照顾父亲，对他好一点儿，”夫人说，“这种毒素是会扩散的，要是扩散到脑子里去，那就真的没法儿治了，这可不是开玩笑的哟。”

年轻而且没有经验的我听了这些话虽然很难受，但还是礼貌性地对老师和夫人点了点头。

“父亲的病再怎么治也没法儿痊愈，过多的担心也是无益。”

“其实想通了也没什么，就是那么回事儿，”夫人低着头说道，可能是想起了她的母亲，她的母亲也是因为这种病去世的。我觉得父亲的确是不幸的。

我们都陷入了沉默。

过了一会儿，老师忽然问夫人道：“阿静，你会不会先我而死？”

“为什么这样问？”

“没有为什么，就是随便问一下，也可能我比你先死。丈夫做什么事情总是比妻子快一步，大概在死这件事上也不会改变吧。”

“你说的是什么啊，说起为什么，我倒觉得可能是丈夫普遍比自己的妻子年纪大的缘故吧。”

“所以大家认为丈夫应该先死。这么说的话，我应该比你先去西方极乐世界。”

“不，你是个例外。”

“哦？为什么例外，你说说。”

“你身体健康，从来都没有生过病，而我就不一样了，总是生病，所以说，在咱们家很可能是我先死。”

“嗯，可能你比我先一步。”

“是的，我肯定在你前面先走。”

老师看着我笑了笑。

“阿静，那要是我走在你前面怎么办？”

“什么怎么办？”

夫人不愿意再接下去了，她大概是将老师的假设想象了一下，有些心痛，不能接受。但是她依然保持着镇静。

“不要胡乱假设了，真的拿你没办法，有句老话说的是：黄泉路上无老少。我们都有可能先走。”

夫人说完这句话抿着嘴笑了一下。

35...

本来我打算起身回学校的，结果又陪着他们聊起了这个话题。

“嗨，你是怎么想的？”老师看着我问。

这个我要怎么回答呢？到底是老师先死，还是夫人先死呢？真不是我该回答的问题。我也只能苦笑一下。

“这个关于寿命的问题还真不好回答，谁也说不准。一个人生下来时寿命就是有数的。我的父亲和母亲也是，他们在差不多同一个日子离世。”

“同一天去世的吗？”我好奇地问。

“说来也的确奇怪，怎么会在同一天去世呢。不过，也差不多，前一个去世后没多久后一个就跟着走了。”

这个我还是第一次听见，真的不可思议哦。

“为什么会在同一时间去世呢？”

夫人刚要做解释，老师却朝她摆了摆手，意思是不要解释了。

“算了，别说那件事情了，太无聊，没什么可讲的。”

老师边说边摇手中的团扇，发出啪啪啪的响声。夫人只好不说了。

“阿静，等我死后这个房子就归你了。”

“呵呵，那你顺便也把这块地写上我的名字吧。”夫人笑着说道。

“那个不可以，这块地是别人的，我没法儿给你，不过，凡是属于我的东西都是你的了。”

“真大方，你是不是还打算将你的那些外语书送给我呀，那我可消受不了呀。”

“那你可以将这些书卖给收旧书的人。”

“那会卖多少钱？”夫人笑问老师。

老师并没有回答，我猜他也不知道会卖多少钱吧。那天晚上老师谈了许多关于自己先死亡的问题，而这个问题我当时以为离我们都很遥远，没必要总是谈。夫人起初也只是孩子气地附和着老师，后来语气上很明显她有些不悦了。

“什么先死后死的，你不要总是说这样的话，多不吉利啊，我可不愿意一天到晚老听你讲这种话。总之，放心好啦，你死后我会按照你的意思做所有的事情，这样总行了吧。”

听夫人这么说，老师扭头看向庭院笑了笑。后来他也就没再提起这个话题。天色已经很晚了，我站起身来准备离开，老师和夫人将我送到玄关处。

“这次回到家后好好照顾你的父亲。”夫人又叮嘱道。

“那就九月份再见吧。”老师说。

我穿好鞋子和他们道了别。从玄关处再向外走是老师家的庭院，庭院里有株桂花树，此刻已经变得郁郁葱葱，伸展着枝条，像是要极力挽留我。想象秋季到来时，它一定会枝繁叶茂，青翠欲滴，桂花飘香。在我心里，老师的家和这株桂花树早已经是不可分割的记忆了。经过桂花树前，我稍停留了片刻，要等到秋季时才能再次见到它了，真有点儿依依不舍。屋子里的灯光忽然熄灭了，老师和夫人已经进到客厅里去了，我独自一个人穿过庭院向门外走去。

从老师家里出来，我并没有立即回学校宿舍，回家时还要买一些东西，我打算今晚就买好。而且，刚才在老师家吃得太饱了，正好可以趁此消化消化。这样想着我就一路走向热闹的夜市。东京的夜生活好像才刚刚开始，街上男男女女开始多了起来，熙来攘往，络绎不绝。路上遇见了一位同学，他和我一起毕业，硬要拉着我一起去酒馆喝酒，他大概是喝多了，话特别多。我们回到宿舍时都已经午夜时分了。

36...

早晨醒来有点儿晚了，还有许多事情要做，家里拜托要买的东西还没有买，只好顶着大太阳出门去了。我最烦帮别人买东西，家里来信说要帮买东西时还觉得没什么的，就帮买一下吧，这会子大热天真要出门去买可真是难受。站在拥挤的电车上，我一边擦汗，一边埋怨着乡下人怎么就不拿别人的时间、精力当回事啊，不懂得给别人添麻烦是很不应该的吗？

我要在家里待很久，一直到九月份呢，我可不想白白地浪费这一个夏天的时光，于是早早做了一份计划表，其中有一项是看书。我专门列了一个购书的清单，必须去一趟丸善书店的二楼，我要买的书那里大概都有。我站在一个书架前，一本一本地翻看搜寻我要买的书。

买完书后要去买些女性的衣服之类，这些是帮人买的，而我最头疼的就是买这些了。我走进服装店里，店员一下子拿出好多，这该如何选择呢？光看一下就头疼，犹豫着不知该买哪一件好。还有的衣服看起来很便宜，一问价钱却贵得离谱；有些衣服感觉可能会很贵，实际上却便宜很多。总之，衣服的贵贱真的超出了我的想象力。我现在非常后悔没有劳烦老师的夫人来帮我挑。

最后，我又买了一个大一点的皮包，是个国产货，上面是锃亮锃亮的金属色装饰物，乡下人就觉得这种才是最好看的。母亲在我回家前特意写了一封信，信上交代务必买一个漂亮的新包，将所有带回家的礼物都装在新包里带回来，母亲无非是想让我看起来体面些，她这种小心思真的太滑稽了，但我又不想违背她的意愿。

购买东西加上打包装好，差不多用了两三天的时间。然后，我就买了火车票离开了东京，回到老家。整个冬天和老师在一起时都在讨论父亲的病情及注意事项。家里所有人中，我算是最关心父亲病情的，但不知怎么的，我心里反倒并不怎么痛苦。我最担心的却是母亲，担心父亲去世后她该怎么办，我觉得母亲一定会非常可怜。其实我已经做好了父亲去世的打算。我给在九州工作的哥哥写了封信，信上说了父亲的病情，说父亲已经不可能痊愈了，如果他方便，争取在夏天回家来看望父亲一次。我在信上还说，二老住在乡下也是蛮孤单的，无依无靠地生活，让人不放心，我们做儿子的应该时常回家来陪陪二老。当时写信时情绪激动，想到什么就写什么，但信写完要寄出时已经内心平静，完全没有了感觉。

怎么情绪变得这么快，主意也改得这么快呢？我忽然生起闷气来，生气自己真是个轻率的家伙。此时，我又想起了老师和夫人，想起了临行前在他们家吃晚饭时的那些谈话。

到底是谁先死呢？我自言自语地回味着他们二人的谈话。他们二人的回答都没有自信，如果真的已经知道了谁先死，那么另外一个人会是什么样的，是难过还是平静接受，或者是解脱呢？就像我现在这样，知道自己的父亲将不久于人世，内心伤感却无能为力，只能这样静静地等待。人类啊，真是太无能、太脆弱了，什么也办不到。我们草草地降临这个世界，眼睁睁地看一些悲伤发生，真的好悲哀啊！

中部

父母与我

1…

终于到家了，我以为父亲的状态肯定大不如从前，谁知他的精神却很好，和我上次在家里时的状态一样。

我推开门时，父亲正在院子里忙着什么。太阳太晒了，他戴着草帽，草帽后面挂着一块手帕，手帕有些脏，搭在后面被风一吹呼啦啦直飘。父亲看见我进来就高兴地从井后面绕了出来。

“哎呀，回来了。毕业啦，真了不起！你先把行李放下，稍等一下，我去洗把脸就过来。”

上过大学的人感觉不到毕业是什么重要的大事情，就像我现在，的确没觉得自己毕业了，需要好好地放松一下或者庆祝一下。父亲却不一样，他好像觉得这是一件特别值得高兴的事情。他这样子我倒有点儿不好意思了。

“大学毕业啦，真是太好啦，太能干啦！”

他将这句话反复说了好几次，脸上流露出非常喜悦的表情，这让我想起毕业典礼结束后那个晚上，我去老师家吃饭时老师对我毕业这件事情似乎蛮不在意的，他嘴上说着祝贺你，但心里根本没这样想，就好像毕业只是一件极其普通的事情一样，我觉得这种态度才对，老师果然是见过世面的人，对一切事情看得比较透彻。而父亲对这样一件芝麻大点儿的小事却流露出这种扬扬得意的神情，真是太土气了。父亲的这种无知叫我无话可说。

“哎呀，没什么啦，不就是大学毕业，至于吗？全国每年都有许多大学生毕业，很平常，没有什么值得高兴的。”

我用这种不耐烦的口气讲出这件事情，令父亲感到震惊。他看着我说道：“我并不是说大学毕业就有多么了不起，日后就能怎么样了。但是能毕业的确不是容易的事，最起码证明了你终于经历过了，不再是学生了。当然，我还有其他的意思，你明白吗？……”

听父亲这么一说，我开始觉得有点儿不好意思了，我想坐下来听他讲，但他好像又有点儿不太想讲，想了想最终还是搬了一条凳子坐在了我身边。

“我供养了一个大学生，现在毕业了，我能不高兴、不满意吗？你也知道我的病情，去年冬天你回家时我本想着自己将不久于人世，最多也就再活三四个月了，谁知竟然活到了现在。可能是运气比较好，老天爷还不想叫我去死，所以我今天能坐在这里和你说话，而且居然还能再干点儿活。最让我感动的是我居然能看到你毕业，所以，我当然感觉开心啦。我供养出一个大学生不容易，我希望活着时看到他圆满地结束学业，从大学拿着毕业证回家。你站在我的立场想想这件事儿，就会明白我为什么这么高兴了。如今，你见多识广，和那么多优秀的年轻人一起毕业，别人说你毕业如何如何能干，你肯定会感觉很烦，不过，你替我想想，那真的是不一样的哦。反正，你毕业这件事情，我比你更渴望、更开心、更满意，我说这些你能明白吗？”

我从来不曾听父亲这么说过，也不曾站在他的角度想过任何问题。今天听他这一席话，我顿时无语了，感觉好尴尬。父亲很久之前就知道了自己的病情无法治好，已经确切地知道自己要死，他也做好了这方面的心理准备，能亲眼看到我毕业，这对他来讲是一件多么开心的事情。而我，完全没有想过这件事情，一心只站在自己的立场上看待问题，真的是太自私、太愚蠢了。

我从皮包里取出毕业证，递给父母看，因为压在一堆衣服杂物中，毕业证书已经被压得皱巴巴了。父亲小心翼翼地接过证书，用手轻轻地抚了抚。

“证书最好是卷起来包着比较好。”

“在里面卷个芯，外面裹个东西就更好了。”母亲也顺便说道。

父亲母亲拿着毕业证书端详了好一会儿，又用手压了压，想将褶皱都压平。然后，父亲将它拿到壁龛处，将毕业证书放在正中央大家都看得到的地方。若是平时，我一定要说父亲太小题大做了，但此时，我一句话也说不出，只想顺着父亲和母亲的意思，一点儿也不想违背他们，他们认为怎么好就怎么来。而那张蛋壳纸做成的毕业证书被压皱后，褶皱再也不能消失了，父亲企图将它竖着放，但手刚拿开它就又倒了下来。

2…

吃过饭后，父亲去休息，我把母亲叫到另一个屋子。

“爹看起来好像挺精神的，他那样坚持干活，走来走去，真的没事吗？”

“可能没事吧，他最近一直这样，也可能是病好了吧。”

母亲的心情好像很平静，她并没有因为父亲的病情而显得过于担心，神情憔悴。母亲就是普通的农妇，整天与土地打交道，只关心眼前能看到的事情。关于生老病死，她好像认为这就是自然的事情，抱着该来的总会来的心态。对于父亲的病，她大概觉得也不算什么事情。当然，要说一点担心都没有那也是不可能的，上次父亲在家晕倒时她就非常惊慌、非常害怕。

“但上次那个医生明明说了，这是个很难治的病，不可能治愈。”

“唉，怎么说呢？人的身体很奇怪，医生说治不好，可他现在不是好好的吗？精神头没有什么不好啊。刚听医生那么说的时候，我还挺担心的，让他不要动。你也知道，你父亲比较犟，你不让他动他偏要动，你叫他好好保养身体，他越固执，越不听你的话，还跟你说什么‘他没有感觉不好，他的病已经好啦’之类的话。”

是的，母亲说的没错，父亲就是这样的人。上次我回来时他硬要收起地铺，还坚持要自己刮胡子。他经常对我说的一句话就是：“我已经好啦，没事儿了，你娘也太夸张了吧。”

我想跟母亲说还是要多注意一下父亲的身体，但话到嘴边又咽了回去，算了，还是不说了吧。我只跟母亲谈了一下父亲的病，将自己所了解的关于这种病的情况跟母亲讲了讲，其实无非是老师和夫人告诉我的那些。母亲听后也没有什么特别地激动，只是轻轻地说了一句：“是一样的病啊，真是太可怜了，那位老人是什么时候去世的？”

跟母亲实在也没有什么好谈的，我又和父亲聊了起来，父亲听得比母亲认真多了，他听完我的描述后说：“嗯，你说得很有道理。不过，身体是我自己的，只有我自己才能准确地感受到它，我知道怎样去保养它。”听父亲这么一说，母亲苦笑了一下，朝我说：“你看，你父亲就是这么犟，万事不听别人的，真拿他没办法。”

“没关系的，爹自己知道该怎么办，而且他自己也有心理准备。我这次毕业回家爹非常高兴，他本来以为自己的身体不行了，大概看不到我毕业了，谁知我拿着毕业证回家时他的身体还是那么健康，所以才那么高兴呢，是爹亲自跟我说的。”

“呵呵，你爹现在身体健康着呢，他可从不承认自己是生病之人呢。”母亲笑着说。

“是这样的吗？”

“他呀，你看他那个样子，再活个二三十年都没有问题呢。在家里，他有时也会说一些话吓唬我，说什么‘哎呀，我活不长久了，我死了之后你怎么办？你打算一个人孤苦伶仃地待在这个家里吗’？你爹他经常会跟我说这类话的。”

听母亲这么一说，我脑子里忽然就想象出父亲去世后，母亲在家里孤独凄凉的光景。父亲过世后，母亲真的就是一个人了，她一定很寂寞吧，哥哥会回来照顾母亲吗？妹妹会来探望吗？我会离开家乡去东京过自己的快活日子吗？母亲和父亲现在就在我身边，难道我要像老师讲的那样，趁着父亲还在，赶快将家里的财产分割清楚？拿到自己该拿的那一份吗？

“其实，你也不用过于担心，你难道还不知道吗？那些经常喊着自己活不长了的人却总也死不掉，就像你爹，总跟我讲他这个病没法医治了，可能马上就要死了，没准儿他会活得很久很久呢。相反，倒是那些平常看起来身体结实的人没准哪一天突然死掉了呢，这些都说不清楚。”

乡下的妇女最爱讲这种话，没有任何科学依据，她们就是相信，我母亲也不例外，我拿她没办法，只好默默地听着。

3…

因为将我的毕业当成一件大事，父母早就决定了要做红米饭招待乡里的客人。其实，在我刚回来时就感觉到他们可能要为我毕业这件事情请客庆祝，我特别怕麻烦，所以他们一说我就拒绝了。

“我可不愿意做这种麻烦事，你们也别小题大做了，还是省省心吧。”

我真的不喜欢乡下人的这种宴请，这种请客说白了只有一个目的：吃饭。他们嘴上说着祝贺的话语，实质上就是为了吃吃喝喝。我打小就讨厌伺候客人吃饭。可是我又不可能直接命令父母不许请客办事，不许邻居来我们家凑热闹。所以，我只能建议说不要请客，以免太招摇了。

“这哪里算得上是招摇呢？我们一点儿也不招摇，你大学毕业，一生中只有这一次，是咱们家的大事情，请客是理所当然的，这件事情就这么定了。”

父母把我大学毕业这件事情看得非常重要，简直当成是娶儿媳妇一样。

“如果不请客的话，街坊邻居们又要说我们的闲话了。”

父亲很介意别人怎么看他，也很在意别人在背后怎么议论他。乡下人就爱嚼舌根子，如果在我毕业这件大事情上不请客，他们肯定又有闲话说了。

“比不得东京，咱们乡下小地方规矩是多了些。”父亲说。

“再说了，你爹也是个爱面子的人。”母亲接了一句。

话已经说到这个份上了，我也不好再坚持了，就按他们的意思办，要请客就请客吧。

“我是说，如果单单是为了给我庆祝的话，那请客就免了，太麻烦了。但如果不想被街坊邻居们说闲话，那该请客还是要请客的，不能因为我怕麻烦就要你们忍受他们的闲话。”

“瞧你说得多委屈，好像我们在强迫你似的。”父亲说。

“我们也不全是为了你，但你也该懂些人情世故了。”

一到这种说不清楚的话题上，母亲就开始语无伦次了，而且还特别爱唠叨。

“你现在就要走入社会了，可不能还像从前在学校那样死板，也该学习一些社会常识。”父亲说完这句话后就再也不多说了。

父亲说的这句话让我思考了很久，他是希望我融入社会，学到一些为人处世的道理。我当时并没有注意到自己说话的方式有什么不对，只是觉得父亲和母亲太世俗了些。

当天晚上，父亲又跑来问我什么时候方便请客，他想征求我的意见。我哪儿有什么方便不方便的，我又没有工作，每天都在家里吃吃喝喝、休息、看书，随时都可以。父亲这么问是想折中一下吧。他既然这样，那我还有什么好说的呢。我和父亲商量了一下，很快就定下了请客的日子。

结果，天有不测风云，还没到请客的日子，发生了一件大事，我们请客这件事情就黄了。明治天皇染病了，皇室在各大报纸上都贴了通知，要求民间不能举行集会庆祝类活动。这个消息瞬间传遍整个日本，我们的请客理所当然地也取消了。之前忙碌了半个多月，准备了许多吃的喝的，还有事先买的东西等，现在都用不上了，我的毕业请客就这么告吹了。

“这回有理由不请客了。”父亲用手扶了扶眼镜，边看报纸边说。是呀，对于我来说，这也算得上是因祸得福了。父亲沉默着不再说话，他大概是在想他的病吧。而我此时也在暗自感谢陛下，他每年都会去大学里探望那些毕业生。

4...

乡下的环境非常安静，我家里又宽敞，人也少，正好适合读书。但不知怎么回事，我就是有点心儿不在焉，静不下来。想想东京时光，真是热闹啊，车水马龙的街道和熙熙攘攘的行人。我住的宿舍在二楼，墙外就是街道，能听得见街道上来来往往穿梭着的电车的声响。每每想起这些，我都觉得非常有趣。

我一个人在家里看书时很容易犯困，有时我会拿一个大枕头靠在桌子上，索性痛痛快快地睡上一大觉。中午醒来时，院子里的蝉声非常响亮，有时是成片成片的蝉鸣，搞得我心烦意乱。

无聊的日子里我也会提笔给以前的同学和朋友写信和明信片，一起毕业的同学中有一部分留在了东京，有一部分则回了远方的家乡。有些人收到我的信后回了信，有的则毫无消息。我当然不会忘记老师。我给老师写的信特别认真，用细体字写，在信上说了父亲的病情、家乡的一些情况，还有我的个人情况，写了满满三页纸。我的信是寄往东京的，贴上邮票准备寄出时我又担心老师已经不在东京了，他说过要和夫人去旅游的，万一他们已经出发了呢？以往他们出远门时会请一位五十岁左右的短发女人来看家，那个短发女人我是见过的，她常常会在身后系一根细长的带子。我还问过老师那人是谁，可是老师没有说，他反问我“你觉得会是谁”。我猜她可能是他们家的亲戚，但老师说他家没有亲戚。老师的确和他的任何亲戚都没有来往。后来我才知道那个女人是夫人的某个亲戚。

我的信到东京时要是老师和夫人刚好出去避暑旅行了，那个短发女人会将信再转寄给他们吗？希望她会转寄，虽然信里也没什么着急的事情。不过，我真的是有点儿无聊寂寞了，所以很期待在这时候收到老师的回信，但这个愿望落空了，老师并没有来信。

父亲对下将棋的兴趣似乎减少了，从我回来到现在连一次都没下过呢，棋盒就放在壁龛里的一个角落里，已经蒙上了一层灰尘。

对于天皇陛下的病父亲倒是非常关心，报纸上每天都会登陛下的身体状况，每天有报纸送来时父亲总是第一个拿起看的，然后就会陷入沉思。有时他也会拿着报纸跑过来让我一起看。

“你看，今天报纸上登了好多天子大人的消息呢。”

父亲习惯将天皇陛下称作“天子大人”。

“我说一句不知当讲不当讲的话，天子大人的病和我的病好像是一样的啊。”

父亲说这句话时眉头紧锁，脸上布满不安的愁云。我真的很担心父亲会随时倒下离我们而去。

“不过，你想想，像你老爹我这样的无名小卒现在依然还有精神，想必天子大人的病应该能好吧。”

“爹，您就别太担心了，您的精神这么好，照现在这样子，就像娘说的，至少还能再活二三十年呢。”

母亲这时也走了过来，听到我和父亲的对话后不知所措。

“爹，咱们俩好久都没下将棋了，要不要下一盘？”

说着，我从壁龛里取出了将棋盒子，用抹布抹去了上面的灰。

5...

父亲的身体每况愈下，渐渐地露出了衰弱迹象，他已经不能干活了，那顶系着手帕的草帽也很久都没有再戴了，被闲置在一个黑架子上。每次看到那顶帽子时，我都会觉得父亲很可怜。父亲在院子里活动身体时我非常担心，总害怕他一不小心会摔倒便再也站不起来。当他坐着时倒看不出来身体不好。我时常和母亲聊起父亲的病。

“不要想太多了。”母亲对我说。也许她真的认为一切事情都是天注定。我感觉她早就将父亲的病和天皇陛下的病联系起来了。

“其实父亲的身体还是很好的，天皇陛下的病情严重，只是因为他心情不好才会变差的，父亲跟他是不一样的。”虽然我嘴上是这么说的，但心里还是想着要请那位住得很远的医生过来再瞧瞧父亲的病。

“这个夏天你是不是感觉太无聊了？好不容易毕业了，本来说好要庆祝的，结果你爹的身体又成了这样，天子大人也生病了，如果你一回家就庆祝就好了。”母亲有点儿后悔没有早点儿庆祝。

我回到家时是七月初，父母原本打算我回家后一个星期就办庆祝宴，最终却因天皇陛下生病没有办成，他们有些后悔。但我暗自庆幸没办庆祝宴，要不然我又要掉进那令人讨厌的社交苦海里去了，这是我最痛苦的。

没过几天，天皇陛下驾崩了。我们是从报纸上得知这个消息的，父亲拿着那份报纸，情绪有些激动，他“啊啊啊”地一连叫了几声。

“啊，啊啊，天子大人驾崩了，我也……”

父亲说不出话来。那一整天父亲再也没有说话。

我上街买了一段黑色的绸子，裹在旗杆的顶端，然后又绑上一段飘带，这样做好后才把旗杆插在大门上。插好后我在门前站了一会儿，抬头望了望天空，又望了望家里的房屋。我家的房屋已经年代久远了，房顶还铺着稻草，稻草经过风吹日晒雨淋，早已失去了原来的颜色，变成了淡淡的灰色，有的地方高低不平。门外悬挂的旗子是白色毛呢面料，正中间印着一轮红日，旗子上还绑着一条长长的飘带，很显眼。

记得之前老师曾问过我：“你家乡的房屋是什么样子的，和我家乡的不一样吧。”一想到房顶上铺着稻草，我就觉得难以启齿，所以很不愿意在老师面前回答这个问题，觉得有些丢人呢。

我又回到屋里，坐在桌子前，摊开报纸看了一会儿，边看报纸边想念东京。东京是日本的第一大都市，这会儿它会是怎样的一种情景呢？人人都在忙碌地奔波着，都处于巨大的躁动不安之中。而老师的家就仿佛是黑暗中的一点灯火，我想我早已被这一点灯火包裹，我渴望再次见到这一点灯火，然而，我没有意识到，这一点灯火也会很快消失。

我想将最近发生的事情写信告诉老师，但才写了几行就撕了。“给老师写这些信有用吗？”我问自己，上次写去的信没有回音，这次他肯定也不会回复我的。我这又是何必呢？我承认是因为寂寞而给他写信，我多么渴望老师能够回复我，但是他没有回信。

6...

八月中旬的一天，我收到了一位大学同学的来信，他在信上说有个中学正在招聘教员，问我去不去。这位同学从毕业到现在一直忙着找工作之事，发出去很多简历，本来他自己要去应聘这家中学的教员，但因为有一家单位给了他更好的工作，所以他特地写信问我要不要去应聘中学教员。我几乎想都没想就拒绝了。我立即给他写了一封回信，说我知道有一位同学可能更需要这份工作，他特别想当中学教员，这个机会给他是最好不过了。

信件寄出之后，我将这件事情告诉了父亲和母亲，他们听了后也并没有流露出反对的意思。

"不当老师就不当，还有更好的工作吧。"父亲说道。

父亲对我的期待还是挺高的，他认为我可以找到比中学教员更好的工作，母亲也是这样认为的，他们总以为只要大学毕业就一定会找到非常好的工作，再也不用过以前的苦日子了，无论如何都算是人上人了。只有我这个真正上过大学的人才明白到底是怎么回事儿。

"更好的工作？爹，你们想得太好啦，最近可不太好找工作。你们别以为哥哥找了份好工作我就一定也能找到好工作，我和他学的知识是不一样的，我们的工作也完全是两码事。"

"无论怎么说，你也是上过大学的吧，能上大学就不简单，肯定能够独当一面。再说了，人家要问我你家老二在哪里高就啊，你让我怎么回答？我要是说没找到工作那我的老脸往哪儿搁？"

父亲说着，表情有点儿苦涩。他有这种想法也不能全怪他，父亲生活的圈子就在乡下，来来回回就见这些人，聊天的也是这些人，我让他不要去在乎别人的说法也是不太现实的。乡下人整天议论着"大学毕业能拿多少工资""大概一百元吧"。父亲几乎每天都要听这些人的各种议论，为了面子上挂得住，他当然希望我尽快找到工作。我根本就没想过要在乡下找工作，而是希望能在大城市工作，扎根大城市。这种想法父母一定会觉得不可思议，因为对他们来讲简直就是不可能。我也知道这一点，所以不太愿意在父母面前提起工作之事，我怕说出自己的想法后会让他们觉得我是个怪胎，于是干脆不说。

但是找不到工作他们又非常着急，总不能不工作吧。

“你经常说的老师怎么样呢？这种时候要不要请他帮忙介绍一份工作？”母亲试探地问。她一点儿也不了解老师的为人，她以为既然是熟人，那就能帮忙找找工作。然而，她所寄托希望的人自己根本就不去工作，也看不上工作。不仅如此，老师在我毕业后最关心的问题却是要我趁着父亲尚在赶紧分财产，老师从来没有对我的工作提出建议。

“你说的那位东京的老师是做什么的？”父亲也开始问了起来。

“他没有工作。”我记得上次回家时就跟父亲大概说过老师的事情，他应该知道老师是不工作的。

“什么意思？他一天到晚什么也不做？什么也不干的人也值得你这么尊敬吗？这也太不应该了。”父亲的口气明显不满起来。

在他眼里，一个人无论如何都应该做点事情，要不然怎么会拥有较高的社会地位呢？只有游手好闲之人才什么事情也不做，就等着伸手要吃要穿，这类人不配得到好生活。

“我这一生虽然没有做出大的事业来，但从不懒惰，我没有领工资过活，但我也没有虚度时光，也没有一味地吃喝玩乐。”父亲继续说。我只有沉默不语。

母亲则在旁边劝说：“你以前说过你那个老师挺厉害的，那你能不能去求求他，或许他能帮你找到出路。”

“他帮不了我。”我回答。

“你去试试吧，你没试怎么就说不行呢，没准他能帮助你呢。”

“好吧，好吧。”我只有附和着，要不然他们会没完没了地问下去，真的受不了。

7…

父亲的身体越来越差了，他也有察觉，但很少表露出来。每次医生来家里瞧病，他也不多问，医生也好像有点儿顾忌不大愿意说。

也许父亲觉得自己身体快不行了，他开始考虑自己的身后事，比如，他走了后这个家怎么办？母亲怎么办？

在平常的闲聊中，父亲似乎有些后悔送我出去读书了，他说："送孩子读书虽说是好事，但也有不好的地方。不读书就没有文化，在社会上难以生存，但送去学知识又没有几个孩子愿意再回到乡下老家。唉！真是两难，好像让他学习就是为了让他离开自己似的。"

父母送哥哥出去读书，结果哥哥现在远在他乡，父亲病了也不能回来探望。父亲供我上学，我现在却想着要去东京找工作，想要扎根东京。父亲的两个儿子最后都要背井离乡，也难怪他要发牢骚。父亲如果不在了，家里便只剩下母亲一个人，想想都觉得孤单寂寞。

父亲肯定希望这个家是完整的，他希望即使他离开了，母亲还有哥哥和我照顾，谁也不能把他一手建造的家拆散了。然而现在看来，他走后极有可能只剩下母亲了。一想到此，父亲就很不安。但是，他还是建议我去东京找工作，毕竟前程才是最重要的。此时父亲的内心充满矛盾。但无论怎样，父亲还是同意了我去东京。

我要去东京找工作，而父亲和母亲担心我找不到好工作，所以我必须在他们面前装出一副很努力又胸有成竹的样子，好让他们放心，相信我有能力找到更好的工作。

我再次给老师写了一封信，说了家里的情况和父亲的身体。关于介绍工作的事情，我觉得老师是不可能做而且也是办不到的，但还是请求他帮忙，看看有没有适合我做的工作，如果有的话请他帮忙介绍。信写完后我就有些后悔了，老师是不可能帮到我的，但我感觉老师肯定会回复的。

我将信纸折好塞进信封里，还没有封口，母亲过来了。

“这是我给老师写的信，拜托他帮我找工作，您要不要看一下？”

“是吗，那你赶快寄去吧，越快越好，托别人办事自己首先要主动。”

在父母看来，我还是个孩子，不大会办这些成年人的事情。我承认我的确有些孩子气。

“写信恐怕作用也不是很大吧，我九月份还是要亲自去东京一趟才行。”

“去是肯定要去的，信也要写，说不定在没去的这段日子里会出现什么好机会呢，你先拜托老师给你打听打听。”

“知道了，等老师回复了我再说吧。”

我相信老师一定会给我回复的，他是一个周到的人，知道我这样写信求他肯定是很迫切地需要他的帮助。信发出后我就一心一意地等着回复了。然而，过了整整一个星期都没有等到老师的回复，我的期待落空了。

“想必老师一定是去哪儿度假了吧。”

我安慰母亲，其实也是在安慰自己。老师看见了我的信而没有回复，这不应该呀。是不是老师家里有什么事情？我有些不安。

有时候我会忘记父亲生病了，只想赶快回到东京，父亲有时候都会忘记自己正在生病，还劝我赶快找份工作。我对于自己的将来感到不安，但也没有什么周密的安排和打算。回家之前老师一再告诫我的财产问题也始终没有说出来，我根本就说不出口。

8…

终于到了九月初，父亲的病情稳定，我仍然按原计划回东京，我拜托父亲还像以前那样给我寄点儿生活费，等我找到工作后就不用寄了。

“在家里总待着也不行吧，我要去东京找工作。”

这样说就好像东京有一份好工作在等着我。其实，我心里明白，好工作怎么会那么容易就找到呢，能找到一份普通的工作我就心满意足了。然而，没去过东京、对找工作完全不了解的父亲相信我说的话。

“是的，你赶快去东京，一定要找一份高收入的工作。我会先给你寄些生活费的，不过时间可别太久，挣了钱你就算独立了，要自己养活自己。本来毕业之后就不能再花家里的钱了，可现在的年轻人啊，就知道怎么花钱，不知道怎么赚钱。”

父亲又唠叨了一会儿，说了一些其他的事情，最后又说了一句：“我们过去都是养老，现在的年轻人都是在啃老。”我无话可说，只有低头听他抱怨。

父亲唠叨完了我打算起身离开，他问道：“那你打算什么时间出发去东京？”

“当然是越早越好。”

“哦，那让你娘给你看个好日子出发。”

“好的。”

我不想让父亲担心，他说什么我都依着他，尽量不违背他的意愿。我想在走的时候能够轻轻松松的。

父亲又叫住了我："过几天你就要去东京了，家里又剩下了我和你娘两个人，很冷清。不过你放心，我和你娘的身体还行，我还能撑住，但也说不准什么时候又发生意外，你在外面也要自己当心。"

父亲还要说点儿什么，但最终没有说。我安慰了父亲一会儿就走进自己的房间。我一个人静静地坐着，想着父亲说的话。是的，我走后家里又冷清了，父亲说不准什么时候身体又不好了，真的令人担心。窗外的蝉又叫了起来，以前听着是烦躁，这时听着竟有一股悲凉之气。不知不觉，蝉的鸣叫声和我的心情密切联系起来了。

经过一整个夏天的乡下生活，我内心深处的哀愁竟然也起了变化。就像院子里的蝉鸣，由最初的感觉烦躁变为现在的声音凄凉。身边与我有关的人，他们就像置身于一个生命的大轮回里，转着转着就慢慢消失了，我丝毫不能左右。父亲的病情让我悲伤，而老师一直没有给我回信，我的担心也在一天天增加。

父亲和老师对我来讲都是重要的人，他们两个的样子时常会同时浮现在我的脑海里。我现在守着父亲，他的所有情况我都了如指掌，如果我离开了他，那我们之间就只剩下父子情分了。老师远在东京，他一直没有回我的信。他曾经说过要将自己的过去告诉我，可到现在还没有机会说。老师的过去对于我来说就像神秘的存在，仿佛是处于遥远的不可捉摸的黑暗禁地，而我无法遏制地想穿越这片黑暗，寻找它的源头。和老师从此隔绝，这是我万万不能忍受的，没有他的消息我无法安宁。我焦急地等待着出发的日子。

9...

临出发前的一个晚上，我在房间里收拾行李，正打算将书捆起来时，听见母亲在隔壁大声喊叫，我赶忙放下手中的活儿跑过去。原来父亲在浴室洗澡时突然犯病了，滑倒在地，母亲取毛巾要给他擦背时才发现，她从后面抱起父亲，把他搀扶到客厅。问他伤到哪儿了，父亲却说无大碍，只是滑了一脚而已。谨慎起见，我和母亲坚持让他靠在枕头边不要动。母亲用手摸了摸父亲的额头，有点儿发烧，她拿了条湿毛巾搭在父亲额头上，并告诫他不要乱动，更不要再试图站起来走动。父亲听话地躺在那儿一动不动。

第二天起床我去看父亲，发现他比昨天好多了，母亲不让他动，可他还是坐不住，又自己跑去上了厕所。

“已经没事了，我现在精神多了。”父亲好像果真没事了挺起胸脯说道。我和母亲也希望如他所言真的没什么大事。医生看完却皱着眉头说一定要当心哪，否则后悔都来不及了之类的话。我问医生到底是不是很严重，医生总也不把话说清楚。明天就要出发去东京了，这叫我如何放心得下。

“要不我在家观察观察爹的情况再走吧，推迟几天去东京也没什么影响。”我跟母亲商量。

“那也行吧。”母亲答应了。

下午时分，父亲的病像是好了，他很精神地在庭院里到处走，从后门进进出出，反倒是我和母亲显得坐卧不宁，心事重重，生怕父亲又倒了下来。

“你不是说好了今天要出发去东京的吗？”父亲站住了问我。

“嗯，我再推迟几天去吧。”

“是因为我生病的缘故？”

我犹豫着要不要说出来，如果说出来我就是因为父亲生病才决定延迟去东京，那父亲一定会觉得自己已经病入膏肓了。我不想让父亲过于紧张，但父亲已经看出我的心思来了。

“唉，我这个病真是耽误事情呀！”父亲说完就独自朝门口走去。

我回到自己房间，看着角落里一大堆捆好的行李发呆。要带去东京的行李已经全部打包好了，随时拎起就可以走，但现在不知道该怎么办了，要不要解开这些行李呢？我举棋不定地站在屋子中间。

这样子又过了三四天，谁知父亲又一次摔倒了，医生来看时非常严厉地警告他不可以再随便走动了，要求他尽量躺着。

“到底是怎么回事呀？”母亲惴惴不安地走来走去，她小声问我，我也拿不准，只是觉得父亲的病情加重了。本来我应该立即给哥哥和妹妹发电报，叫他们赶快回来，但看见躺着的父亲好像没有多少痛苦和不舒服的样子，又犹豫了。父亲说话时的样子就好像只是得了小小的感冒，而且他的食欲跟从前一样好，他也不像一个病人一样需要别人时时照顾，什么都听从别人的安排，他依然我行我素，只是不常走动罢了。

“反正都快要死的人了，不如多吃点好吃的再死。”听见父亲这么说我心里一阵酸楚。父亲是个农民，一辈子没见过什么大世面，更没在大城市生活过，乡下也没有什么好吃的东西，他所谓的好吃的无非就是饼之类的粗粮。我赶紧给他烤了几个饼，父亲嚼着我给他烤的饼津津有味。

“你父亲还是很能吃的，你看他吃得并不少，说明他身子骨还是很硬朗的。”母亲这样说道。尽管心里一直担心着，但看见父亲这么能吃她像是得到了安慰。

过了几天，叔叔来家里探望父亲，他们聊了很久，晚上叔叔要走，结果父亲却拉住他的手不让他回去。父亲说想要再多聊一会儿，叔叔走了便没人聊天了。母亲悄悄地跟我说，父亲是想告诉叔叔我们不让他吃饱饭。

10...

接下来的一周，父亲大多数时间都是躺着的，他极少走动。期间，我给哥哥写了很长一封信，将父亲的病情告诉他，并转告他如果父亲真不行了我会发电报给他的，见到电报就要立即回家。母亲也给妹妹写了一封信，表达了同样的意思。

其实，到底什么时候该给他们发电报我也不确定。哥哥在工作，平常就很忙碌，回来一趟不容易。妹妹怀孕了，挺着个大肚子，肯定不方便长途跋涉。所以在父亲身子尚健时我不能发电报让他们回家。但是，话说回来，如果因为回来晚了而没有见到父亲最后一面，这种遗憾又是无法弥补的，很可能会伤心一辈子。到底什么时候给他们发电报的问题得由我来决定，我感觉自己责任重大。

“你父亲的病情随时都会加重，你问我具体什么时候会突发危险，这个我也不好推测啊。这一点请你理解。”来检查病情的医生对我说道。我和母亲也没有什么好办法，就请医生帮忙介绍了一位护工来家里照看父亲。护工穿着白大褂，她走到父亲身边打招呼时，父亲的表情很奇怪，但他什么也没说。

父亲早就知道他得的是不治之症，但他没有意识到死亡正在步步逼近。

我和父亲闲谈时，他说：“要是这回病好了，身子重新硬朗了，我也去东京玩一玩。人啊！谁也不知道自己什么时候死，还是趁活着赶紧做自己想做的事，做了就没有什么后悔的了。”

“那你要是去东京玩也把我带着吧，我也想看看东京呢。”在一旁的母亲插话打趣道。

父亲笑了笑，继续说道：“我死后，你一定要照顾好你娘，别让她一个人受苦了。”

父亲的话触到了我的痛处。“我死后……”这样的句子我曾经频繁地听到过。毕业离开东京前那个晚上，我去老师家，老师将这句话对夫人重复说了好几次，他说这句话时脸上还带着笑容，我是不会忘记的，夫人当时将脸别向一边嗔怪老师说这样的话不吉利。这些我都记得一清二楚。老师当初的那句“我死了后”只是假设，然而现在父亲说出这句话却是随时都可能发生的事实。我无法做得像夫人那样从容，但又不得不用一些欺骗性的话语来安慰父亲。

“当然可以去呀，等您身体好一点了就和母亲一起去东京玩。现在的东京比以前要好多了，变化很大，你去了肯定会大吃一惊，光是电车就比过去多了好几条线路，人流量太大了，政府不断地拓宽马路，但还是跟不上人口的发展，到处都是热闹的景象，没有一刻是安静的。你们亲自去感受一下就会知道的。”

为了安慰父亲，我说了一堆多余的话，父亲倒是听得很认真。

因为父亲病情加重，我和母亲一整天都很少出门，甚至不出门的，附近的邻居们也听说了父亲的病情，他们隔三岔五就会有一两个来家里探望一次，亲戚们也会时常来家里看看父亲。但他们也看不出什么来，因为父亲表面上还是健谈的，脸色也没有太大的变化。一位来探望父亲的邻居就说："看你脸色什么都正常啊，还那么能吃，想必没什么大碍，休息几天应该就好了吧。"他们时不时的探访使得家里变得很嘈杂。

父亲每天只有躺着，他的病情朝着不乐观的方向发展着。我想是时候给哥哥和妹妹发电报了，母亲和叔叔也同意我给他们发电报。哥哥很快就回信说马上赶回来，妹夫也回信说马上就回来。因为妹妹上次流产了，所以这次怀上后特别小心，实在不能上路远行，那妹夫可能会代替妹妹回来。

11...

这段日子真是太难熬了。家里的活儿也不太多，我有时会偷闲静静地坐下来翻上几十页书。前几天已经打包好了的、堆在书架角落里的行李不知什么时候松了，里面的东西都散落出来，我顺手拿起几本书放在桌子上打算翻一翻。离开东京时，我列了一个读书计划，打算在家时做，已经九月份了，才完成计划表的三分之一。我以前也经常给自己列此类计划表，也有没完成的时候，但从来不像这次完成率是如此的低，真令人郁闷。每个人都会列自己的计划，有许多人都完成不了，我并不想苛求自己要做到多完美，但差太多时的确影响心情。

我一边生着自己的气，一边又牵挂着父亲的病情，想着父亲随时可能会死去，又联想到东京的老师，心里面乱乱的。我就是在这种两头都不愉快的心情中，比较着这两个亲近的人，他们的地位、修养、性格是那么截然不同。

当我离开父亲的枕边，去自己房间整理那些散乱了的行李时，母亲走了进来。

“休息一会儿吧，别太累着自己了。”

母亲是无法理解我的心情的，而我也不可能成为她理想中的孩子。我随口应承了一下，母亲却并没有离开，依然站在房间门口。

“爹现在怎么样了？”我问。

“他睡着了。”母亲答。

接着母亲突然进到我房间来并且坐下了。“你那个老师有回信了吗？”

我给老师寄信时母亲在，我对她说过老师一定会回我信的，母亲很相信我说的话。但是，回信就能满足父母的期望，我想都没有想过。这简直像是我在故意欺骗母亲似的。

“那你能不能再写一封信给他？”母亲试探着问。

如果再写几封信能使母亲感到安慰的话，那我并不怕麻烦，写信对我来说一点儿也不是麻烦事。但是，为了我找工作这件事情一再逼老师，这会使我很痛苦。老师会因此鄙视我，而这个比挨父亲的训斥及母亲的责骂要严重得多。这是我根本无法忍受的。我也怀疑过，到现在没有收到老师的回信，是不是他已经看不起我了？

“娘，写封信没什么难的，但找工作这种大事情光靠几封信是很难办成的。无论如何，我要亲自去东京拜托人家帮忙才行。”

“可是你爹身体是这样的，你又不放心，不知什么时候才能出发去东京呢？”母亲显得很惆怅。

“所以我没有走啊！爹的病不管能不能治好，要是没有一个结果的话我怎么离开呢？只能先这样吧。”

“这倒也是，家里有个病人躺着，谁又放心得下呢？”

母亲什么都不懂，也是很可怜的，在这种乱糟糟的时候提出这种问题我怎么回答呢？正如我在照顾父亲之余还有静坐读书的闲暇时间，大概母亲也有闲工夫去思考一些别的什么事情，她会暂时忘记父亲还重病在家。这时，母亲又说：“实际上……”她说了个开头又停顿了一下，继续道：“实际上，我觉得要是你爹还在世你就能找到一份工作，他一定会很高兴的。看样子，兴许是赶不上了。如果你真的找到工作，安顿下来了，那他心里也就踏实了。这样一来，让他活着的时候高兴高兴，也算是尽到了当儿子的一片孝心。你说呢？”

可怜的我竟然落到了未能尽孝心的地步，最终我还是没有给老师写信。

12...

哥哥赶回家的时候，父亲正躺着看报纸。父亲爱看报纸，每天必须看报纸是很难改变的习惯。自从医生要求他尽量躺着休息后，这个习惯就更顽固了，看报纸的时间变得更长了。母亲和我也不反对，爱看就多看吧。

“爹，看您精神挺好的，脸色也没什么变化呀，我原来以为您身体很差，这不是挺好的吗？”

哥哥一到家就和父亲聊起来了，他那过分热乎的腔调我还真不习惯。从父亲房间出来，我和哥哥单独在一起时，他说话的腔调却并不是那样的，倒是沉静了许多。

“怎么还让爹看报呢？”

“他爱看报，我和娘都不让他看，但他非要看，没办法。”我辩解道。

哥哥默默听着，停了一下，说：“他看得懂吗？”他似乎觉察出父亲因为患病理解力比以前差了许多。

“能看得懂的，刚才我在他枕边聊了二十分钟，他还说了不少事情，脑袋很清楚的，没有糊涂，兴许还能维持一阵子呢。”

哥哥回到家后没过几天，妹夫也回来了。他比我们更要乐观。父亲牵挂妹妹，问了不少妹妹的情况，说：“她的身子已经不方便跑远路了，别轻易坐火车，火车摇摇晃晃一路颠簸，万一有什么闪失那可就麻烦大了，还是别让我们大家担心为好。”父亲又说：“我很久也没出门了，要是这次病好了，我也去看看外孙子。”

乃木大将的死讯登上了报纸，那天父亲先看的新闻，他喊道："不得了，不得了啦！"

我们不知道是怎么回事儿，被他这突如其来的喊声着实吓了一跳。

"真的吓得我一身冷汗，我还以为爹的脑袋被烧糊涂了呢。"哥哥跟我说。

"我也是吓了一大跳呢。"妹夫也有同感。

那时候，乡下人了解新闻的唯一途径就是看报纸。在家里我也只能读报纸了。我经常靠在父亲的枕头旁给他读报，父亲睡着时我就悄悄地将报纸拿回自己的房间，一字不漏地看一遍。乃木大将去世后，有一段时期，报纸上登的都是乃木大将的事迹，我眼前浮现出身穿军装的乃木大将和他那穿着官女服、样子甜美的夫人的身影，久久不能消失。

悲痛像一阵风似的吹遍了乡村的每个角落，树木花草都在风的哀号声中变得瑟瑟发抖。就在这样极端悲痛的时刻，我突然收到了一封来自老师的电报。在闭塞的乡下，看见穿西装的人狗儿都会大叫，接到一封来自东京的电报那可是件了不起的新闻事件。母亲将电报拿在手里，一脸惊讶的样子，特意将我拉到没人的地方才问：

“什么事情？你快看看。”母亲站在一边焦急地等我打开电报看。

我打开电报，里面的内容很简单，只写了几个字“想见面方便来东京吗”，我有些疑惑不解。

“是不是你拜托那位老师找工作的事情有眉目啦？”母亲猜可能就是这件事。

我也觉得可能是这件事情，要不然，还会有什么事情呢？但是，如果真是我找工作这件事情，却又有些奇怪。

总之，我把哥哥和妹夫都叫回家来了，现在父亲病危，我自己却要去东京，这个无论如何也说不过去呀！我同母亲商量后，就发了份电报告诉老师我不能去东京，同时尽可能简短地说父亲已经病危，我不能离开。就这样回一封电报我又觉得不妥，于是回家后写了一封长信，详细地说明了家里的情况，包括父亲的病情，希望老师能够理解，写完的信当天就寄出去了。母亲看我拒绝了老师的邀请，仿佛拒绝了一份快要到手的好工作，十分惋惜地说：“唉，时间太不凑巧了，真没办法啊。”

13...

我写的信很长，好几页，母亲和我都觉得老师肯定会回复我的。果然，这次回复非常快，第二天我就又收到了老师的电报。但是电报里只有一小行字“不来亦可”。我将它拿给母亲看。

“这只是电报，他可能还会写信给你的。”母亲期待地说。

在母亲的想象中，老师应该是那种特别愿意帮助我找工作的人，她认为找工作是我的人生大事，老师既然平常都那么关心我，在这种事情上没有理由不帮我。我也觉得他可能会帮助我的。但是，如果静下心来细想一下，从老师平时的为人来看，便会发现这不太可能。“老师帮我找工作”，这句话我自己听着都不太对劲儿。

但看着母亲那么期待，我说些什么好呢。“我昨天才寄出去的信，老师今天是不可能收到的，没那么快。这封电报肯定是老师收到信之前发过来的。”我心里很清楚，自己是在为老师辩解，其实没有什么用的。但还是这么对母亲说了。

那天，主治医生和他们医院的院长来家里出诊，他们要看看父亲的病情。我和母亲也就没有机会再提老师来电报这件事情了。两位医生帮父亲洗完肠后就离开了。

父亲被彻底禁止走动了，原来还可以去上厕所，现在厕所也不能去了，医生要求大小便也不能起身。那只有靠妈妈和我收拾了。父亲是有洁癖的，起初他很不情愿，但没办法，身不由己，也只得这样了。

由于长时间的不运动，身体各方面的机能都在下降，大脑也跟着变迟钝了，日子一长，大小便失禁也全不在意了。偶尔会弄脏了被褥，旁人见了都皱眉头，但父亲本人反倒不怎么在意了。医生提醒说，这种病的尿量非常少，现在也没什么好医治的办法。

父亲的食欲在一天天地变弱，根本想不起要吃东西，偶尔想吃了也只是用舌头舔舔，根本咽不下去。报纸也不能看了，他手上没有力气，要举起报纸都困难。放在他枕头边上的老花镜再也没有拿出来过，一直收在黑色的眼镜盒里。

父亲有个好朋友，叫阿作，他们从小玩到大。阿作家离我们约有一里地。听说父亲卧病在床，阿作就常来家里看望父亲。那天阿作来时，父亲努力睁开混浊的眼睛望着他说："啊，是阿作啊。"

"阿作，劳烦你来看我，真是过意不去。你身体还是那么结实，真叫人羡慕啊。你看，我已经不行啦。"

“哎呀，没事没事，你多虑啦，你这点病算什么！很快就会好起来的。你看你，两个儿子都大学毕业了，多好！看看我，老婆早就死了，又无儿无女，就一个人孤独到老，虽然身子骨结实了些，但这个又有什么意思啊。”

阿作来看望父亲后两三天里，父亲又洗了一次肠。洗完肠后父亲看起来比之前好多了，他躺着说：“多亏了医生，现在感觉舒服多了。”父亲身子舒服后人也高兴起来，仿佛对自己的身体又重新有了信心。母亲不知是被这种假象蒙住了，还是别的什么原因，也可能是想鼓励父亲，她就把老师来电报的这件事情告诉了父亲，并且说得好像我要去东京找工作之事已经有眉目了。她这明显是夸张，我在一旁急得如坐针毡，但又不好直接打断母亲的话，只能站在一旁听着。父亲听母亲这么一说也露出了笑容。

“这可是件好事情啊。”妹夫在一旁附和着说。

“那到底是什么工作啊？你现在知道不知道？”哥哥也急切地问了起来。

大家都这么急切地问，事已至此，我已经没有否定的勇气了，只好说一些模棱两可的话来搪塞，说完赶紧找借口起身离开了。

14…

父亲病到这般田地，只等最后一击了。然而又仿佛可以继续维持，病情不见好，也没有向更坏的情况发展。全家人每天都心神不宁，想着命运的最后裁决什么时候来临，是今天，还是明天？

父亲已经感觉不到痛了，也感受不到别人的煎熬，于是，护理照顾他变得比较轻松了。现在，我和母亲、哥哥、妹夫，四个人轮流照看他，白天和夜晚都需要守着，一个人照看时，其他几个人就可以回到自己的铺上去休息。

一天夜里，母亲守着父亲，我回房间里睡觉，但怎么也睡不着，外面的声响让我误以为是父亲在呻吟。我起身来到父亲房间，当时值班的母亲就在父亲身旁，可是她倒在一旁枕着胳膊睡着了，父亲也睡着了，一切都很安静。我又蹑手蹑脚地回到自己房间重新躺下。

家里的房间不够用，哥哥和我挤在一起睡。妹夫毕竟不能当成自家人可以将就，所以单独睡了一间。

“这些天拖累了小关，他也回不去了。”小关指的是妹夫，他姓关。

“小关平常也不是很忙，再住几天也耽误不了什么大事。哥哥的工作比小关忙，再耽误一段时间要紧吗？”

“耽误就耽误吧，这种事情又不比别的事情。”

我和哥哥睡一张床，睡不着时我们就聊天。我们兄弟二人都觉得父亲可能挺不过去了，最终都要面临这个现实。但是，作为亲生儿子，这样等待着父亲的死，却不敢道破。其实我们彼此都明白对方在想着什么，也都能理解。

“爹好像仍然认为自己会好起来呢。”哥哥说。

哥哥说得没错，父亲的确以为自己还会挺过去。每当乡亲们来探病，父亲就硬撑着非见不可。见面聊天时又为没办我的毕业庆祝会而向大家道歉，并且一再许诺，等他病好了一定要补上。

“你毕业没请客倒对了呢，想想我那次的毕业宴请，哼！别提啦。”哥哥的话勾起了我的回忆。是的，哥哥毕业时父亲的确大设宴席，请乡亲们来吃喝，大家喝得醉醺醺的，家里也弄得乱七八糟。我和哥哥不由得苦笑起来。席间父亲四处张罗大家多吃饭，多喝酒，想想都令人不快。

小时候，我和哥哥关系并不怎么好，经常打架，受伤的总是我。后来他上大学了，我们也就分开了。我和哥哥的性格不同，我们俩所学的专业也不相同，各有所好。后来，我和老师接触多了，也学会了从不同的角度看人。我曾试着从陌生人的角度看哥哥，感觉他应该属于动物性的那一类人，不太看重情感，也极少与人谈心。

我和哥哥很久都没见面了，相隔又那么远，时间和距离却仍然使我们无法接近。这次，因为父亲的缘故，我们久未见面的兄弟又在一起了，也不知从哪儿涌起的兄弟之情，总之，能感觉到我们之间的感情还是很深的。在垂死的父亲的枕边，我和哥哥互相握住了手。

“毕业了，你今后有什么打算？”哥哥问我。

“咱家的财产怎么分配处理？”我答非所问地问起了哥哥这个问题。

“我不知道。咱家能有什么财产，有也不多吧，爹从来没有提起过这事儿。”

“你的那位老师还没有回信吗？”在边上的母亲责问道，她还在牵挂着老师的回信。

15...

“那个老师到底是什么人？怎么总提起他。”哥哥问道。

我回答说：“前几天不是跟你说过了吗？怎么又问？”我有点儿懊恼，明明跟他已经讲过了，他自己转眼就忘记了。

“哦，想起来了，你的确说过。”哥哥肯定地说，他的意思很明显，你说过了，但我并没怎么理解这个人。可是，我根本就没有想让你理解老师呀。哥哥生了我的气，又想像以前那样对待我。

在哥哥看来，既然我“老师老师”地叫着，那肯定是一位值得尊敬的人了，可能是位知名人士，再不济也应该是个教授之类的吧。在他眼里，既没名气又没工作的人，简直就没必要去接触，更不要去做朋友。在这一点上，哥哥倒是遗传了父亲的特点，他们两个人的观点完全一致。唯一的区别在于：父亲断定老师是因为什么都不会，什么都不懂，所以才游手好闲，一天到晚只知玩乐；哥哥则认为老师可能也懂些东西，也会做事情，但是贪图享受，什么也不去做。在他眼里老师属于可悲之人。

“egoist（利己主义），这种人可不行。只知道潇洒，什么也不想干，这是一种懒汉思想，一个人要是有这种想法那简直是厚颜无耻了。人活着就应该最大限度地发挥自己的才能，干出一番事业来。”

又来了，我很烦哥哥的这套大道理，我真想问他究竟知不知道egoist这个词是什么意思。

“不过，话说回来，如果他真能帮你找到一份好工作，那也不错，父亲会非常高兴的。”

现在还没有收到老师的回信，我什么也不敢说，既不能说老师帮我找到工作了，又没有勇气说老师肯定不会帮我找工作。因为嘴快的母亲早已将我求老师找工作这件事情说了出去，而且她说的那些话仿佛老师已经帮我找好了，就等着我去工作了。事已至此，我也不好否认。不光母亲，就连我自己现在也是日日期盼着老师的来信，希望他能在信上说已经帮我解决了糊口的工作问题了，如果是真的，那就万幸了。面对病入膏肓的父亲，面对为父亲诚心祈祷希望父亲得到一丝安慰的母亲，面对认为不工作就是无用废物的哥哥，面对妹夫、叔伯阿姨们时，我不得不顺着大家的意愿来。

一天，父亲呕吐出黄水，我忽然想起了老师和夫人曾说过的，这种病如果呕吐就是一个危险信号。

母亲却说：“老是躺着，胃口也不好了。”我望着她那无知的脸，不由得泪水涌了出来。

我在茶室里时，哥哥也进来了，他问道："听见了没？"我知道他的意思，是问我有没有听见医生临出门前跟他说的话。

"你在家也待了些日子了，就没有想过要负担家里的事情吗？"他这话是什么意思？他将我看成是像父亲那样要守在故土一直终老的人。

"父亲走了，咱娘一个人可不行，"哥哥又说，"你喜欢看书，那在家里照样可以看书，而且也不用外出去找工作了，不是正好吗？"

"按道理，哥哥是长子，理应你照顾家才对。"我说。

"我怎么能干这种事？"他又像以前那样训斥起我来了。他那种口气，好像自己要干多大一番事业似的。

"你要是做不来这些事，也可以请叔父他们帮忙照料。但是，咱娘总得有一个人照顾吧。"

"娘离不离开家都是个问题呢。"

就这样，我们兄弟俩在父亲还没有合上眼的时候先争吵了起来，商量起父亲过世后的事情来了。

16…

父亲夜里开始不断地说胡话。

“真是愧对乃木大将啊，我真的没脸见人。乃木大将，我会追随您的……”

父亲夜里说胡话时经常这么说，母亲十分害怕，她希望我们都守候在父亲枕边陪着他。

父亲清醒时看见我们都在又觉得这是一种安慰和希望。他特别想看见母亲，如果醒着却没看见母亲，他就会问：“阿光呢？”即使不出声，但眼神也能看出来，他是想找母亲。我常常不得不起身去叫母亲过来陪他。

“有什么事吗？”母亲放下手中的针线活儿，走到父亲枕边问。这时候父亲往往又没什么话可说了，好像他根本就没叫过母亲。当我们都以为他只是随便喊喊时，他又转过脸来呆呆地望着母亲，说一些非常客套的话。有时候他会说：“阿光，都是我不好，让你受累了，给大家添了这么多麻烦。”母亲听到他这么说，眼睛都湿了，边擦眼泪边回想起以前父亲身体健壮时的样子，说道：“看你说的，好像你有多可怜需要人照顾似的，以前你可凶啦！”

母亲又讲起以前父亲对她很凶，有一次居然拿扫帚打她的后背。这件事情我和哥哥以前就听说过好几次了，但这次在父亲病床边听母亲讲起，心情是不同的，母亲的回忆听起来就像是我们对父亲的纪念。

死亡的阴影越来越重地围绕着父亲，父亲已经看见了自己眼前的黑影将至，但他仍没有要说出遗愿的打算。

“要不要趁着现在还能说话的时候先问问？”哥哥望着我问道。

“嗯，可以吧。”虽然这样回答着，但我仍举棋不定。由我们做儿子的主动提出这种事情好吗？我总感觉不太妥当。我们两个实在决定不下来，最后只有去找叔父商量。叔父想了想说：“虽说如果你父亲有话却来不及说，那是很遗憾的，但我们现在去催促，恐怕也有些不妥吧。”

我们就这样嘀嘀咕咕，决定不下，最终这件事情也不了了之。父亲不久后陷入了昏睡状态。什么都不懂的母亲看见父亲睡着却舒了一口气，反而有些安慰：“你父亲睡着了也好，照顾他的人都轻松些了。”

在昏睡过程中，父亲会忽然睁开眼睛，问一些某某人怎么啦，他问的人一定是刚才还坐在他枕边照顾他的人。父亲的意识一会儿清晰，一会儿模糊，就像处于明暗两个世界里，那个明亮清晰的部分仿佛是一根白色的线，缝在黑色的边上，断断续续、时隐时现地连接着。母亲把父亲的昏睡状态误以为是一般睡眠也不是没有道理的。

就这样又过了几日，父亲的言语有些不清了，经常说一些有头无尾的话，究竟是什么意思我们也一头雾水，听不明白。但他的声音还是挺大的，只要一开口讲话，根本就不像是一个垂危的病人。但他的听力好像不行了，跟他讲话必须大声，必须得贴近他的耳朵才行。

“给你冰敷一下头，好受一些了吗？”

“嗯。”

我和护工一起合作着，将父亲头上的水枕头取出来，重新装上冰封好口，轻轻地放在父亲的额头上。当把尖尖的碎冰装进冰袋里的时候，我在父亲光秃秃的额头旁，试图将它们按平整些。正在这个时候，哥哥从走廊那边走了过来，他一声不响地递给我一封信。我伸出左手接过他递过来的信，看了一眼，感觉有些奇怪。

因为这封信不是一般的信件，是挂号信，而且握着有点儿沉沉的。信封也比普通的信封要大，信封的封口处用糨糊粘着。因为好奇，我翻过背面看了一眼，上面方方正正地写着老师的名字，是老师寄来的。我现在腾不出手来看信，便将信揣在怀里，打算过一会儿再看。

17...

那天，父亲的状态特别不好，脸色蜡黄。我一直守着，中间起身准备去茅房，从走廊经过时，哥喊住了我："你去哪儿？"他的口气简直像哨兵一样，又提醒我说："爹的病情有些变化，尽量守着他别乱跑。"

我也是这么认为的，于是赶紧上完茅房又回到爹的房间。那封信一直揣在怀里，没机会拿出来看。父亲睁开眼睛，看见母亲，就问这里都有谁在。母亲一一指着我们告诉他名字，每说一个名字父亲就点点头，表示知道了。他不点头时，母亲就大声再说一遍名字，问他听到了没有。

"实在给各位添麻烦了，请多担待！"父亲说完这句话后又躺下陷入了昏睡状态。大家就一个个地离开去了自己房间，我是第三个离开的。我想赶快回到自己房间里打开那封信看。其实在父亲枕边也可以看，但是那封信的内容实在太多了，不可能一下子就看完，所以我就想揣回自己的房间里找个稍微空闲的时间慢慢看。

包装纸太结实了，我用手使劲儿地撕才撕开，里面是一沓稿纸，字规规矩矩地写在格子线里，看起来整洁漂亮。稿纸被折成四折，这样方便封口。折痕太明显了，为了读着方便，我将信纸反过来又折了一次，折痕消了一些，看起来平整多了。

说实话，我根本想象不出来老师费了这么多纸和墨水，究竟要对我说什么呢？我一边读信，一边留神听着父亲房间里的动静，我担心他有什么状况需要我立即过去，所以心神不宁地读完第一页，那一页的内容如下：

“你离开东京前曾经问过我的过去，本来打算告诉你，又临时改变了主意，因为我没有勇气回忆过去，更没有勇气回答你。现在，用纸笔来面对你，我相信我已经有了说清它的自由了。但是我说的这种自由不是任何时候都有的，是等你回到东京的时候又会马上消失的自由。所以，现在趁着这种自由还在，我要好好加以利用，将我的过去作为一种经验传递给你。否则，我以前和你约定好的事情也变成了一种谎言，所以我不得不将我想传递给你的经验由口述变成邮件来告诉你。”

读到这里，我才明白了老师为什么要给我写这么长的信。显然，他在信里并没有提起大家都迫切关心的我的工作问题。我猜得没错，他是不会去操心这种事的。但是，一向不喜欢动笔的老师为什么一反常态，写了这么多字呢？什么事情让他不能等到我回东京后当面讲呢？

“这种自由不是任何时候都有的，是等你回到东京的时候又会马上消失的自由。”

我反复读着这句话，老师要表达什么意思呢？有那么一瞬间我的感觉非常不好，心烦意乱。这时，哥哥在父亲房间里大声喊我过去。我赶紧站起来，收拾好老师的信就小跑着去父亲房间。我还以为父亲不行了。

18...

医生不知道什么时候来了，他大概已经待了一会儿了。为了让父亲感觉稍微舒服点儿，医生要给他洗肠。洗肠需要帮忙，请来的护工昨夜睡得太晚，到另一个房间休息去了，只有哥哥在帮医生的忙。哥哥从来没做过这种护理病人的事情，手忙脚乱，看见我进来了，赶紧招呼“快帮一把”，然后自己坐到一边去了。我替哥哥将油纸垫在父亲身子底下。

洗完肠后父亲显然舒服多了。医生又观察了大约半小时，没有什么特殊情况，就说了声“下次再洗吧”便回去了。出门前医生又回过头来特意叮嘱如果父亲有什么意外情况一定要及时去找他。

父亲睡下后，我又回到自己的房间，拿出刚读了一段的信打算继续看，但是精神上不敢有丝毫松懈，我怕父亲又需要帮助。这样想着心里非常不踏实，总觉得哥哥又要高声叫喊我了，如果他这次再喊我，那父亲恐怕是真的不行了。这种恐惧和担心搞得我心慌意乱，手都不由自主地颤抖起来。我下意识地一页一页翻看老师的信，那些工整的字迹本来是我早就渴望看的，但此时无心静下来去细读，一眼看过去，我甚至不能找出其中关键的话语，就这样囫囵吞枣地看着，按着页码翻了一遍，我正打算重新将信纸按原来的样子折起来时，忽然最后一行字映入眼帘：

“你读到这封信时，也许我已经不在人世了吧。”

我大吃一惊，刚才还在心慌意乱，此刻几乎凝滞了。我急忙重新铺开信从前往后一页一页地开始读，我要立即知道发生了什么事情，我恨不能一眼读完所有的文字，好知道究竟怎么了。我的心里此刻只关心一个人，那就是老师，他还在东京吗？他还活着吗？他曾经答应过我要告诉我有关他的过去，那个灰暗的他从不曾讲过的过去，然而，现在对于我来讲已经毫无意义了。我焦急地浏览着那封长信，怎么也找不到重点的话语，我索性把它折叠起来重新揣进怀里。

我惴惴不安地走到父亲的病房，看了看父亲，他就躺在那儿，母亲在一边坐着，因为夜里睡不好的缘故，她看起来又老了不少。我向母亲招了招手，问道："爹怎么样了？"母亲忙坐直身子答道："洗完肠后他好像平稳了一些。"我又转向父亲，问道："爹这会儿还难受吗？洗过肠后感觉怎么样？"父亲点了点头，说了声："谢谢。"声音很清晰，比往日都要好，我感觉父亲脑子并不糊涂啊。

从父亲房间里出来后我又回到自己的卧室，看了看时间，又查阅了火车时刻表。我忽然就决定好了自己要做的事情，我将老师的信塞进袖子里，腰带重新系紧，然后一声不吭地从后门出去了。我要去医生家里，问清楚父亲的病，我想知道父亲还能不能维持两三天，不管用什么方法，请医生一定要帮助我。但事不凑巧，医生刚好出门去另一家看病了。内心焦急的我已经没有闲工夫再等任何人了，我必须坐火车离开这里，去看望老师。

到火车站后我借了一支笔，随便找了一张纸写了几句话，算是留给母亲和家里人的信吧。我给了人力车夫钱，并拜托他将信送到我家去。留个条说一声总比一声不吭忽然消失要好吧。信交给人力车夫后，我就立即跳上了开往东京的火车，在轰隆轰隆响动的三等车厢里，我从袖子里取出老师的信，开始从头到尾细细看。

下部

老师与遗书

1…

夏天最热的时候，我收到你寄来的信，有两三封吧。我记得是在第二封信里，你拜托我在东京给你找一份好差事。我知道，职位和工作对你来说很重要，所以非常愿意帮助你，至少应该先给你回封信。但是，实际的情况是我心有余而力不足。正如你所了解的那样，我在东京很少与他人来往，工作上更是没有，基本上没有交际可言，我喜欢孤独地生活，不喜欢被打扰。这样的人怎么可能帮助别人找到工作呢。

但我最大的问题不在于交际，而是如何处置自己，这令我很痛苦，是继续行尸走肉地生活，还是……每次一想到“还是”这个词时我都会感觉到恐惧。如何向你形容这种感觉呢，就好比一个快步跑向悬崖的人，在临崖而立的一刹那，突然向下望了一眼那深不见底的下方，忽然就胆怯了。原来我一直和其他人一样，是个胆小鬼，这多么令人羞愧。

虽然难以开口，但我还是想实话实说，在我的心里，你几乎是不存在的，我从没将你看得很重要。说白了，就是关于你的工作、事业、职位，与我何干？对于我来讲，这些没有丝毫意义。我没必要为了你的这些事情操心。我收到你的信后，阅完就放入信夹里，不想再看了。你家里是有些资产的，何必一毕业就一门心思扑向工作呢？你满怀希望地写信给我，不给你回复太过意不去，为了替自己辩解，我只好开诚布公了，也省得绕圈子，说些不痛不痒、无济于事的话了。我说了这些尖刻的话，并不是故意要惹你生气，如果你坚持读完了我的信，相信你是会理解我的本意的。不管怎么说，我不该怠慢你，本应该更早、更积极地回复你，但是我做不到，在此请多多包涵。

后来，我给你发电报了，说实在的，发电报那会儿我特别想见你一面，我曾答应过你要将我的过去一点儿不剩全部告诉你。你当时就回了电报说你不能来东京。你不知道我当时有多么失望。也许是你觉得光发一封电报还不够，后来我又收到了你很长的一封信，说了你不能来的原因。我理解，一个人怎么可能撇下重病的老父亲独自外出呢？而我要求你不顾父亲来我的身边，这才是真正的欠妥。当然，我给你发那封电报时，忘记了你父亲生病需要你在家照顾这件事。

在东京时我就提醒过你，你父亲的病不好治，是绝症，不可大意，而我发电报时居然忘记了，真是太差劲了。唉，我就是这么一个自相矛盾的人。或许是我想起了自己当时的脑子太乱，或许是我想起了自己不为人知的过去，才导致我这样矛盾和痛苦。这一点不用别人提，我有自知之明，也请求你原谅。

我一直不觉得自己有错，但自从读了你最后一封信，我才发觉是我的错。所以，我有必要向你道歉。但是拿起笔我却一个字都写不出来。我再三思索，还是写吧，干脆将所有的事情都说开了，这样对你也算公平。因为时机不成熟，所以在写这封信之前给你发了那封“不来亦可”的电报。

2...

电报发出之后，我才着手写了这封信。你知道我平时也不大写东西，所以一下子写这么多很费力。想在纸上完整地表达一件事情或者表达个人的想法，真的是件很困难的事，着实让我苦恼了一阵子。有几次，我差点都想搁下笔不写了，也不去想我和你之间的约定，但最终还是放不下，搁下又捡起，捡起又搁下，反反复复了好几次，真的折磨人。

我从来都不否认自己是一个能够履行义务的人。你可能会感觉莫名其妙，一个与社会几乎不打交道的人怎么会想到自己还有义务呢。的确，对于我，可以称得上是义务的，前前后后，左左右右，你找一下，几乎没有。我从来不苛求自己去做什么，就算是一个人该做的事情，我不想做就不做。我尽量过着消减义务的生活。但是，你千万不要以为我对自己的义务冷漠，才变成这样的。倒是因为过于敏感，无法去面对来自外界的刺激，才变得如你所见的那样无所事事，虚度年华。我其实特别看重自己的承诺，如果承诺了什么却未能兑现，那不光是心情变坏的结果，而是会对自己特别厌恶。现在你知道我给你写下这封长信的缘故了吧，因为我对你有过承诺，如果不兑现，我将无法原谅自己，所以写信过程再艰难我都坚持写完了。

当然，我不能说写信全然是为了兑现过去的承诺，我自己还是愿意写的。我的过去曾经是专属我个人的，也可以说是完全归我个人所有。但是，如果不将这份个人经历分享出去就死了，这对我来讲也是很遗憾的。我多少还有那样的愿望。如果将这份经历分享给不能接受和理解的人，那还不如让它连同我的肉体一起埋葬算了。如果你没有出现，那我的过去真的就变成了过去，不为人知，连间接地成为别人借鉴的经验都不能够，它会连同我一起化为灰烬，消失得无影无踪。在千千万万人当中，我遇见了你，我只想对你讲出我的经历，因为你是认真的，在意我的过去，你说过要从我的过去中汲取经验和教训。所以，我愿意说给你听。

在这封信里，我将毫无顾忌、毫无隐瞒，将这个社会曝光给你看。但是，你不要害怕，你应该直面它，从中选择对你有益的部分。之所以说是曝光，是因为这个社会有太多的黑暗以前没有见过光，包括伦理道德上的黑暗。

我生于一个旧式家庭，一切思想都建筑在伦理之上，有许多观点和当下的年轻人都不太一样。无论怎样不同，我的观念都来自于我自己，它不是花钱就能马上租到的衣裳，可以随时穿，也可以随时脱。对于今后想要大展拳脚的你来讲应该有几分参考价值的吧。

我记得你经常问我一些现代思想的问题，你也非常了解我对那些东西的态度。我从不曾蔑视过你的见解，但也没有敬佩你的那些想法。你的思想还稍显稚嫩了些，虽然你有知识、有文化，但那些都是书本知识，于现实生活没有多大用处。我常常会笑你，你对我这种不在意的神情很生气，一而再、再而三地逼着我讲自己的过去，要我毫无保留地交代出全部来，要我将自己的过去展示给你看。也就是在那个时候，我内心深处变得开始尊重你了，你可能感觉不到。

你是一个执着的人，非要从我胸中抓出那个隐藏了很深很久的东西，想要剖开我的心脏，吮吸那带着温热之气的尚在流动着的血液。而那个时候我还活着，我不敢剖开我的心脏，不愿意死。所以就拒绝了你的要求，并改约了别的日子。现在，时机终于到了，我要自己剖开心脏，用滚烫的鲜血来浇灌你的头顶。希望在我的心脏停止跳动的那一刹那，有新的生命寄于你身，如此，我也就满足了。

3...

我的双亲死得早，在我不到二十岁时就都离开了人世。记得我妻子曾经告诉过你吧。我父亲和母亲被同一种疾病夺去了生命。你当时还表示过怀疑，怎么会一前一后同一时期死亡呢。这是事实，我父亲患了可怕的伤寒病，这在当时是不治之症，可怜的母亲在照顾父亲时也被感染上了，就这样跟着父亲去了。

我是独生子，父母在世时家里从来不缺钱花，生活悠闲自在，可以说是过着衣来伸手饭来张口的日子。我有时会想，如果父母没有患病，没有死，那我会是什么样子的呢？肯定还是无忧无虑吧。

他们死后，就丢下我一个人了，我那时感觉自己好像被忽然甩了出来，心里一片茫然。我一没有知识，二没有阅历，更没有分辨是非的能力。父亲死的时候，母亲已经病倒在床，她都没能看父亲最后一眼。后来母亲要死了，他们连父亲已经死了的消息也没有告诉她。母亲到底知不知道父亲的死讯，或者已经察觉到了，这个我不清楚，只记得她那时还在一心想着父亲能够康复。在病床上，母亲将家里的一切都托付给了叔叔。她拉着我的手对叔父说："这孩子，无论如何，请一定……"其实，那时我正准备去东京求学，这是父母早就决定了的事情，母亲想跟叔叔再提一下。母亲刚说了一句"去东京"时，叔叔就立即接过话头，说道："好的好的，你就放心吧。"我记得母亲在病床上高烧得很厉害，叔叔还说母亲"真是个坚强的人"。母亲说的那些话是不是她最后的遗言，我现在无从知道。父亲生病时是母亲照顾的，母亲深知这种病会传染的，而且自己已经被传染上了，然而她是否知道自己会被这种病夺去生命，一想到这里，我就开始怀疑起来。母亲发高烧时经常讲胡话，而且那些胡话听起来非常有条理，等她脑子清醒时再问她，她又全然不记得了，所以……但是，那些都还不算是什么大问题。我就是在那个时候起学会了分析事情，推理问题，思前想后，而且从不同角度反复考虑一件事情。这种本领我那个时候就已经完全掌握了。这一点也是我一开始就应该告诉你的。前面我讲的这件事情与后面接下来要讲的事情毫无关联，但说不定会对你很有用，或许会帮助到你。请你继续往下看。我的这种习惯给我的行动带来了不便，到后来我越来越怀疑周围人的道德之心了，总认为一切不过都是假象。请你一定记住，正因为它才让我更加深刻地体会到人世间的痛苦和烦恼。

我的话题扯远了，还是回过头来重新再说吧。这种时候还能写这么多，不是我自夸，其他人不见得能像我一样静下心来思考。周围的世界已经沉睡了，也没了电车的声响，只有可怜的夏虫在窗外不停鸣叫，那声音惹我怜惜，它们是在为这个露水之秋而鸣唱。此刻，我的妻子已经在隔壁熟睡，进入梦乡，只有我在握笔陈诉，笔尖落于纸上，发出沙沙的响声，而我的心是那样的沉静，波澜不起。我已经久久没这样写过了，还不太习惯，笔画常常会歪了，但这并不是我的脑袋不听使唤，相反，我非常清楚自己在做什么。

4...

父母相继去世后，这个世界忽然就只剩下我一个人了。我只能按照母亲说的那样凡事依靠叔叔。叔叔也的确承担了一切。我说要去东京上学，他就让我去了东京。

我的高中是在东京上的，想想那个时候的高中生，比现在可粗野多了，男生们打起架来都异常凶狠。我认识一个人，他晚上出去喝酒，喝多了，就同别人打架，用木屐打破了对方的脑袋。本来这事情就不了了之了，但是他的帽子在打架过程中被对方给抢去了，帽子的白里衬中有一块菱形的小布片，学生的名字、学校、班级等都详细地写在上面。这下子麻烦大了，对方告到了警察局，警察第二天就去了学校，差点儿就将他抓了进去。幸亏我这个朋友会周旋，找人帮忙，警察才算放过他一马。在你眼里，这么暴力的行为，一定是粗野、荒唐的吧，你一定会觉得怎么会这么蠢呢。其实我也觉得这件事情太愚蠢了。但是，他们身上却有一种现在的学生所没有的质朴。

那时在东京上学，花销要靠叔叔每月初给我寄来。叔叔寄的并不多，比你父亲每月寄给你的钱少多了。但那时候的物价也非常低，而且我的开销也不大，完全够用。班里那么多人，我从来没有可怜到羡慕别人，相反，倒是有许多人羡慕我呢。叔叔每个月给我固定的生活费，除此之外，买书的费用另外再给（我每个月花在买书上的费用可真不少），如果有临时开销，叔叔还会再寄钱过来。总之我能随心所欲地买自己想要的东西。

那时候我对金钱不太关心，叔叔管着我的钱，我特别信任他。再说了，这个世界上除了他我也没有别的更近的亲人了。我对叔叔的信任里怀着强烈的感恩之心，将他当作这世界上唯一的好人来尊敬。

叔叔经营着一家公司，是个企业家，而且还做了我们那个县的议员。正因为这个官职，他常常跟一些政府部门打交道，和一些官员有频繁的接触。这一点与我父亲完全不一样。我父亲是截然相反的一种性格，骨子里继承了上一辈的传统观念，平时就只是喜欢品茶、养花，喜欢读诗歌，对古董书画类的东西充满兴趣。叔叔家在乡下，但他平常很少回乡下，他住在城里，两地之间的距离也不算远。我记得那个时候经常有古董字画店的老板，带着他们收藏的字画、香炉之类的古董来找父亲，请他鉴定。就性情来讲，我父亲更像是一个爱好风雅的乡绅，而叔叔则有着更广的人际交往。两人虽然完全不同，但感情非常好。父亲常常称赞叔叔，说他是一个有出息、值得依靠的人，还说自己不如叔叔，天赋平庸，反应也迟钝，只是继承了父母的财产而已，所以迟早会落伍的。父亲在说这些话时从来不忌讳我和母亲在身边，我们听他说过好几次了。

我原以为是父亲为了开导我才故意这么说的，“你一定要记住啊。”每次父亲说这句话时都会望着我的脸，所以我不可能忘记。我只是觉得父亲怎么对叔叔这么好，这么信任叔叔啊。我当然也以叔叔为骄傲，父母去世后，我的一切又都仰仗着他的帮助。叔叔简直就是我的父母了，成了我生命中不可或缺的人。

5...

那年暑假，我回了故乡。那时候，叔叔和婶婶已经成为那里的新主人了。父母亲去世后，我去东京上了高中，家已经空了，没有人住，所以叔叔和婶婶就搬进来住了。这也是我去东京上学之前商量好的。

叔叔经营着一家企业，平常有许多事情要办，要去跟客户联系，他笑着说："若从做生意方面考虑，住在市里要比住在乡下老家方便多了。"这是父母去世后，我要去东京上学时，跟叔叔商量着如何处置房产时，叔叔透露出来的。我家这套房子年代很久了，在这一带很有名气。你的家乡也是这样的吧？那时候大户人家的大房子一般都是有名望的，要是被继承或者处置，一定是一件非常大的事情，邻居们都得来。要是现在，我肯定会无所谓的，不会将这种事情放在心上，但那时我还是个孩子，又急着去东京上学，哪有心思考虑这件事情。

叔叔看我很焦急，于是无奈地答应了，说那就搬进来照看空宅吧。但他同时又说，市区的那套房子他也得时常过去看看，我当然不会反对了，只要有人帮我照看空宅，让我脱得开身去东京我就心满意足了。

虽然已经离开故乡，到了东京上学，但我内心还是一直牵挂着故乡。故乡已无父母亲，但那儿终究是我童年生活过的地方，还是时不时地想回去看看。所以，尽管我喜欢东京，但一到放假我的心就飞回了家。那时我还是一个上进的孩子，学习起来一点儿也不马虎，玩起来当然也很疯狂，经常想着放假后就可以舒舒服服地在家玩了，特别开心。

在我上学的那段日子，我不知道叔叔是怎样在上班期间往返两所房子的，等我到家时，我发现叔叔全家人都在我家，大家都聚在一起了。大概是平常都忙，唯有放假了学生们不上课了，大家才能全部聚齐吧，我这样想。

他们见我从东京回来都很开心，我看到家里比以前更加热闹，充满生气，心里也是十分欣喜。在我离开家的日子里，叔叔家的大儿子住我的房间，现在我回来了，叔叔让他将东西搬到别的房间去，我说："反正房间多的是，让他住吧，我住到别的房间也可以的。"但叔叔没听我的，他说："这是你的家嘛，怎么能让你将就呢。"他坚持让自己的儿子搬去别的房间了。

在家里的那个假期，除了偶尔会想起父母外，我过得也蛮开心的。我和叔叔一大家人相处得也很融洽。后来因为开学，我不得不又回到东京。

整个夏季都过得挺好的，唯有一件事情让我略微有点儿不开心，并在我心中投下了一层淡淡的阴影。那就是我刚回去没多久，叔叔和婶婶两个人同时劝我结婚。他们二人前前后后总共劝过我三四次的样子。我还在上中学怎么就要结婚了？我还不想那么早就结婚呢。要是父母在的话，他们是绝对不会对我提那种事情的。所以叔叔婶婶这样提令我感到很诧异，他们再来提时，我就有点儿忍不住了，反问他们为什么这么着急给我定亲。他们的意思很简单：早点儿结婚，早点儿继承亡父的家业。可是那时的我还年轻，每到放假一心就只想着回家玩，其实这和继承亡父家业也不矛盾啊，为什么一定要结婚了才能继承家业呢？虽然我当时是这么想的，但联想到家乡的风俗习惯，却也能理解叔叔说的话。但不管怎样，刚到东京求学的我根本想不到那么远的事情，所以我并没有应允叔叔。

6...

回到东京学校后，我很快忘记了说媒结婚这件事。身边人都是那么年轻，充满朝气，没有一个人有家庭拖累。大家自由来去，无牵无挂。在这独身的人群中，如果深入了解，也许会发现确实有些人已经迫于家庭压力结了婚，但是，天真的我完全没有心思去关心这些问题。就算有一些人结婚了，他肯定也会小心翼翼地隐藏着自己的秘密，不会将这种无关学习的事情讲出来弄得大家都知道。后来想想，我自己其实也已经是这类人了，只是没有察觉而已。我依然像个孩子一样天真，享受着中学的学习时光。

一学期结束后，我又开始打包行李，准备回老家去。结果，上个假期的情况又仿佛重演了一遍，在父母和我的家中，又见到了叔叔婶婶还有他们的孩子，他们这一大家子似乎没有什么变化。在家中的假期生活于我而言依然亲切如故，故乡的一切都有一种特殊的气息，这是我熟悉的气息，对一个漂泊无依的归客来讲是难能可贵的。

就在我享受快乐假期时，叔叔又提起了结婚的事情。他将去年的那套说辞又对我说了一遍，理由都是一样的。只是上次他提这件事情时还没有个具体对象，这次却是正式提出了一个对象，这可难住了我。他说的这个对象居然是堂妹，叔叔的女儿。他说要是我娶了堂妹那就好了，原本两家人就是亲戚，现在亲上加亲，那就更是一家人了。而且，他还说父亲生前也这么提过，是赞成这门亲事的。我倒不是怀疑父亲是否提过这门亲事，只是我怎么不记得呢，连个苗头都没看出来过，这让我感到惊讶。

其实叔叔的要求并不过分，没什么不妥，在当时日本社会里这也算正常，可能是我的想法过于迂腐吧。但主要原因是我对这位堂妹没感觉，我压根儿就没关注过她，更没有什么别的想法。记得我很小的时候常常会去市区叔叔家里玩，有时太晚了就住在他家，堂妹就像我的亲妹妹一样。兄妹之间怎么可能产生爱情呢？也许你会认为我在为自己找理由，但我就是认为过分亲密的人之间不可能产生爱情。爱情需要刺激，需要新鲜，正如香味仅在焚香的刹那间才能闻到；美酒只在刚举起酒杯抿了一口时才能品尝到。爱情的冲动也只存在于顷刻之间。一旦过了那个瞬间，再多的接触也只能加深亲切感，而爱情的神经却已逐渐麻痹下来了。总之，无论如何，我都无法接受堂妹成为自己的妻子。

叔叔煞费苦心地一次又一次劝我。最后他说："如果你们都答应，婚事可以推迟到你毕业后再办。"好像又不放心，他又加了一句："俗话说，好事情越早办越好，就算现在要办也能办。"但是我不想娶堂妹，这跟早办晚办没什么关系，所以就直接拒绝了。结果叔叔当场就拉下了脸，站在一旁的堂妹也哭了。其实我不爱堂妹，堂妹也不爱我，她哭跟不能嫁给我没什么关系。作为一个女人，求人结婚然而遭到拒绝，这才是她的痛苦之处。我也没办法，所以又回到了东京。

7...

时间过得真快，转眼又过了一整年，夏天的时候我第三次回故乡。考试还没有结束时我就有些迫不及待地要往回赶了，实在是太想念故乡了。想必你一定也有过同样的感觉。故乡的一切都是不同的，空气不同，云彩不同，泥土不同，那么的熟悉，那么的美妙，到处都荡漾着关于父母的回忆。一年之中，七月和八月放假的这两个月，我就渴望被这种气氛包裹着，犹如要去冬眠的一条蛇，感觉无比安稳。

我还是太单纯、太天真了，将一切事情都想着太简单。我以为拒绝了堂妹的婚事就算完了，没有必要再去自寻烦恼，这样对自己和对方都好。我也没有违背自己的意愿去迁就叔叔，所以心里依然是平静的。拒绝之后我也从来没有为这事烦恼过，仍然像往年一样，开开心心地回到故乡。

然而，这次回到家中，叔叔的态度就变了。他没有像往常一样见了我就将我搂进怀里。我已经长大了，所以也不介意。过了四五天，一个偶然的机会，我觉察出了这种态度的变化。再后来，这种变化越发明显，我发觉这种奇怪的变化不光发生在叔叔身上，婶婶和堂妹对我的态度都变得很奇怪，就连叔叔的小儿子也变得很奇怪，他还一直写信给我，向我打听东京高等商科学校的事情，打算去那里读书呢，而现在他们所有人都表现出一种很奇怪的态度。

我本来就是个敏感的人，这不得不引起我的重视。是我变了吗？是我多虑了吗？肯定不是。那为什么他们这样对我？我突然疑惑起来，是不是死去的父母擦亮了我的双眼，让我重新看清了这个世道？我心底里一直感觉父母没有死，他们只是双双结伴去了某个我找不到的地方，任何人都找不到，他们现在依然爱着我。虽然，年轻时的我还不至于蒙昧无知，但从血液里遗传下来的迷信想法像是一股强大的力量，推动着我前行，那股力量至今还在。

我一个人去了父母的墓地，跪在他们的墓前，深深哀悼，同时也心怀感恩。我能感觉到石碑之下那温暖的手仿佛还掌握着我未来的幸福，他们一直在为我祈祷、为我祝福，他们在暗自保护着我。也许你会笑我，但这就是我的感受，我不在乎别人怎么看我。

我的世界已经发生翻天覆地的变化，然而，这并不是我出生以来的头一次重大经历。十六七岁正青春年少时，我第一次发觉世界太美了，美得好像之前从来没见过一样，美得我都开始怀疑自己的眼睛了，我一次次擦亮眼睛，想确定自己看到的是否真实。青春萌动，周围的女性在我看来都是极美的，而我惊讶于自己怎么之前就从来没有发现过，我的双眼就仿佛一直失明，突然复明一样，从此之后，天地焕然一新，世界都是新的。

对叔叔的变化发觉，我也是突然发觉的，他就好像突然之间变成了另外一个人，没有任何预兆，令我诧异。照这么下去，我该怎么办？我要如何与叔叔一家相处？这之前我想都没想过，现在却要立即去面对。

8...

我忽然生出一种念头来，想弄清楚父母去世时到底留了什么遗产给我。他们说请叔叔帮我打理，那他到底是怎么打理的，打理的是什么样的遗产。我忽然很想弄清楚这些问题，如果弄不清楚父母遗产的去向便对不起死去的父母。

然而，正如叔叔所自诩的，他那忙碌的身体每晚都没有固定的住所。他经常两天在市里、三天在乡下地来回往返着，每天都是匆匆忙忙的，“我很忙”就成了他的口头禅，一天要说无数次。

起初，我相信叔叔是忙碌的，没有清闲的时候，有一次还故意戏谑他：“叔叔要是不忙的话就要被这个时代抛弃啦。”但现在就不这样认为了，我要找他谈谈关于我的遗产的问题，可是每次他都说：“我现在很忙，没有时间谈，下次再说吧。”在我看来，他这是纯粹在为自己找借口，他想避开不谈父母留给我的遗产，他不给我任何说话的机会，总之，我抓不住他。

后来，我从一位同学那儿听到消息，说是叔叔在市里娶了个小老婆。其实这也不算什么新奇之事，一些有钱又有点儿地位的人都这样。纳闷的是，叔叔之前可不是这样的，他在父亲眼里简直就是位有上上人品的人，优秀得不得了。现在，父亲去世后却传出这样的事，我有点儿愕然。我的这位同学还对我讲了许多关于叔叔的事情，都是我以前不知道的。其中有一条就是叔叔两三年前曾经濒临破产，企业几乎要关门了，但这两三年又突然有钱了，强势回归，变得兴旺起来了。

叔叔终于有时间坐下来和我谈判了，用谈判这个词好像也不大妥当，但如果从谈话的结果来看，用谈判这个词再合适不过了。叔叔一直将我当孩子来对待，就在谈判的当下也是这种态度，企图用糊弄的语气来跟我说话，而我已经再也不像以前那样完全信任他，事事听他的安排了，所以，我们之间要想平和地解决问题，已经不太可能了。

很遗憾，时间有限，纸张有限，我也急着要讲后来之事，所以我们谈判的细枝末节在这里就不说了。其实后面还有更重要的事情，我已经迫不及待地想告诉你了，只是一直克制着没有提前说。再也不能同你一起聊天，再也不能见你一面，我现在不仅握起笔来有些艰难，而且从珍惜这一意义上说，也不得不省去一些我想跟你说的话。

你记不记得，有次我们在一起聊天时，我说过一句话：这个社会并没有谁的品性是固定不变的，人不可能天生就是坏的。很多好人在关键时刻会突然变成坏人，这真的防不胜防。那次，我说这些话时情绪激动。后来你又问我人是在什么情况才变成坏人的。我只说了个钱字，再没说别的。你当时满脸不高兴的样子，我现在还能想得起来。为什么我就说了一个字呢？因为当时我想到了我的这位叔叔。普通人是如何见钱眼开的，他简直就是一个活生生的典型例子，为了钱他可以起歹心，为了钱他可以抛弃一切原则，为了钱他连我们之间的叔侄情分都不顾。他让我知道了人是不可随便信任的，他让我体会到深深的憎恶之情。我的回答对于正在试图打入成人思想世界的你来说，显然不满足，甚至是过于陈腐。但是，在我看来却是活生生的，因为我自己经历过。就在我写下这行字的时刻，我又兴奋了起来，提起这种事情我怎能不兴奋、不激动呢。我相信用灼热的舌头叙述平凡的道理，比起用冷静的头脑去分析新鲜事物更为生动、更为有力。血液是有力度的，它能够使我们的身体活动起来，而语言不仅能通过空气的波动传入你的身体，还能够强烈地撼动那些顽固老化的事物。

9...

直截了当地说吧，叔叔骗走了本该属于我的财产。母亲死后将我托付给他照顾，他答应送我去东京上学，他的确是送我上学了，但就在那三年的时间里，他将我父母的财产占为己有。那时，父母和我放心地将一切委托给了叔叔，相信他，信任他，依赖他，在世人看来，这简直是天下第一大傻事，我就是天下第一大傻瓜。然而，如果从高于凡人的角度看这个问题，我算是这个世界上稀有的、单纯的男人了。后来我不断地反省自己，为什么就看不透人呢？一想到人为什么不是生来就坏的，又对自己这种过于天真的行为感到悔恨不已。但是，我要抛弃自己原有的天真纯洁和正直良心吗？不，我还是想按自己本来的面目做人、做事，我不能背弃善良的原则。说到这儿，请你务必记住，你现在所认识的我并不是原来的我，是已经被尘垢污染过了的我。如果一个满身污点无法清理的人都能成为你尊敬的人，那我可以算是一位值得你尊敬的长辈了。

叔叔和婶婶劝我与堂妹结婚，倘若当时我同意了这门亲事，物质上会对我有利吗？这简直是不可想象的。我的亲叔叔啊！为了将父母留给我的财产弄到手，不惜让自己的女儿嫁给自己的侄子，幸亏我拒绝了。他向我提出结婚的事情，哪里是出于什么方便或两家亲上加亲，那是骗人的鬼话。我不爱堂妹，堂妹也不爱我，最终我们没有按他们的意思走到一起，这也算是我对自己的诚实和负责。然而，这实在是不足挂齿的小事，处于旁观者的你一定会觉得我的做法很固执，想法很愚蠢。

我和叔叔的纠纷被其他亲戚知道了，有一位亲戚也介入了调解。但是，我又怎么可能再相信别人呢？连最被看重的、最亲的叔叔都想方设法地欺骗我，还有谁可以信任？他们一定是不怀好意的，我对他们充满敌意。

尽管我不信任任何人，但这些亲戚还是帮我解决了一些事情，在他们的争取下，我得到了部分本该属于我的财产，虽然比预想的少了许多。那时，摆在我面前的只有两条路可以选：一是默默地忍受，就这样吧，给多少我就拿多少；二是与叔叔对簿公堂，夺回本该属于我的一切。当时脑袋里很乱，异常气愤，又一时拿不定主意该选哪一种解决办法。如果要与叔叔打官司，那肯定要花费很长时间才会有结果。而当时我还是个高中生，远在东京求学，时间上肯定耽误不起。最后经过一番权衡，我打算请市里的一位朋友先将我拿到手的资产变现，钱带着方便。我的那位朋友劝我不要这样，还是要深思熟虑一下再做决定，但我没有听，那时我已经下定了决心，要永远离开故乡，不再回来，不再与叔叔这个骗子见面。

这样决定了之后，我又去了父母的墓地，这是我最后一次去看望他们，从此之后再也没有去过，大概永远也不会见了。

市里的那位朋友按照我的要求，将我所有的资产都处置了，变成现金，拿到手时已经是几个月过后的事情了，那时我人早已经在东京。乡下的田地不容易出售，那些需要购买田地的人不停地挑各种毛病，价钱上自然也少不了要降低许多，实际上，当时我卖的价格远远低于市价。总之，我的所有财产加起来并不多，除了离开家乡时随身带着的一些公债，还有后来朋友帮我处置资产时所得的钱，以及售地所得的钱，少之又少。这使我心情很郁闷。但无论如何，对于当时还是个高中生的我来说，花起来绰绰有余。说实在的，后来我连这些钱的利息的一半都没花完。我这阔绰的高中生活，却将自己拖入了想都没想过的境遇里。

10...

经济上独立了，钱财又非常充足，于是我就想搬出乱哄哄的学生宿舍，在外面找个房子。但在外面找好房子后，还需要买一些基本家具，总不能什么都没有，空空如也地住在里面吧。买好家具后还得请一个女佣，她可以帮忙做饭、打扫之类，女佣要老实，因为我去上学后就留下她一个人看家了，老奶奶可能比较合适吧。这样一想，又是一大堆事情要做，感觉非常麻烦。有一天，我突然想何不先找个房子，其他的等住进去之后再说。就这样一个想法，很快就实现了。一天，我去学校附近散步，从本乡台西下又顺着小石川的坡路向传通院方向走去。之前这里交通闭塞、人迹罕至，但自从通了电车后，就开始有了生气，如今已经面目一新了。早些时候，左手边是炮兵工厂，右手边则是一大块荒地，杂草丛生。我经常跑到这里来，就站在草丛中，什么也不想，漫不经心地四处张望，心情自由而舒畅。现在这里的景色依然不错。只是西边的景色稍有改变，变成了一望无际的绿树浓荫，静静地望着就能使人心神安定。

我一个人在那个地方转悠时，忽然觉得不如就在这附近找个住处吧，这样想着就立即穿过那片草地，沿着小径向北走去。那时的街道还没有修建好，那一带的房子都很脏很破。我从一个小巷子穿过，信步游走，最后停在一家制作粗粮点心的铺子前面。我问老板娘这一带是否有合适的房子出租，她歪着脑袋想了半天，仿佛想不出来。我有点儿失望，正要转身离开，她似乎又想起了什么，问道："普通公寓行不行？"我想了一下，普通公寓服务周全，省了我持家的麻烦，况且这里又很安静，倒也不错。我转身走进点心铺子里，准备和老板娘细聊，请她告诉我详细情况好做决定。

老板娘非常热心，她说有一处军人的房子，不，确切地说是军人家属的房子。老板娘说那个军人在日清战争[1]中死去了。大概一年前，他们并不住在这儿，住在市谷的士官学校附近，因为有马厩，房子太空旷，于是就卖掉那里的房子搬到这里来住。家里人口少，房子多，所以主人便拜托粗粮点心铺子的老板娘帮忙问问有什么人想租房子的。后来聊天中得知，那家总共三个人，除了军人的遗孀，就只有一个独生女儿和一个女佣。这正合我意，因为我就

---

[1] 指中日甲午战争。

喜欢人少清静。可是转眼又有些担心起来，像我这样的一个人，他们会不会因为不知底细而拒绝呢？要不还是再继续找找别的吧。然而，我的外表看起来也不像坏人啊。我虽然还是个学生，衣着却不那么寒酸，再说了，我还戴着一顶学校发的制服帽子呢。我说这个你会笑吧，那时候戴制服帽子跟现在可不同，制服帽子是一种身份的象征，戴制服帽子在社会上颇有信誉。后来，按着粗粮点心店老板娘的指点，没有任何人引见，我就直接去了那位军人的遗孀那里。

见到那位军人遗孀，我说明了来意。她也问了我一些问题，例如老家在哪儿，现在在哪个学校上学，学什么专业，等等，这些都是租房时要问的。这些问完之后她好像就放心了，说道："你随时都可以搬进来住。"这位孀妇真是个正直而爽快的人，我当时既钦佩又惊讶，像她这样的人，怎么会感到寂寞呢。

11...

那天谈完之后我回到学校就整理好东西，第二天就搬去住了。她家的房子有好几间，我住的就是那天谈话时看的那间房子，也是所有房子里面最好的一间。那时候，本乡台一带已经稀稀落落地盖了一些高级公寓，而且还在陆续盖着。作为一名学生，我已经得到了最好的住宿条件，我成为这间房子的主人，而且我的房子还是最漂亮、最好的。刚搬进来住的那阵子，我还有点儿不安，一个学生住这么好的房子是不是有点儿太奢侈了呢。

那个房子正好有八张草席那么大，壁龛还装着高低隔板，可以放好多东西，外面的走廊一侧还有一个大壁橱。虽然没有一扇窗户，但阳光能照到朝南的走廊墙面上，一点儿也不暗。

我搬来住的当天，有人在房间的壁龛上摆放了一束花，边上还靠着一把琴。可惜这两样都不是我喜欢的。父亲喜欢诗书、烹茶，我打小就在他身边长大，耳濡目染，慢慢地也喜欢上这种中国式的风雅情趣，对于艳丽的东西从来都唯恐避之不及。

我父亲那时候收集了不少古董，他死后我又去了东京上学，叔叔不知道将那些古董卖到哪里去了。还好，算他有良心，没有卖完。我离开故乡时，将所剩不多的古董都打包寄存在同学那儿了，身上只顺便带了几样自己非常喜爱的压在箱子底一并带到了东京。搬到这个大房间时，我准备将带来的古董拿出来放在壁龛里摆着欣赏。可是，一看见这些花和琴顿时失去了勇气。后来，我听说这些花是专门为我摆设在壁龛里的，我不禁暗自苦笑。而那把琴原来就一直放在那个地方，倒是没动过。

我说到花你肯定会联想到年轻的女孩子吧。其实，在我刚了解情况的时候我也曾有过这样的念头，粗粮点心店的老板娘说过，那位军人留下一位女儿，所以我很好奇。也许是我太不成熟，也许是我不善于交际，站在女孩子面前说话就紧张，总之，第一次见到这位小姐时我的舌头居然打结，话都说不利索，搞得她也紧张得满面通红。

人常说有什么样的父母就有什么样的孩子。我和那位孀妇打交道时，她是那样的爽快，那样的利落，自然而然我就推测她的女儿一定也和她一样，我是完全按照这一思路向下推理的，但是，事实却否定了我。我见到的小姐完全是另外一种气象，看见她的第一眼就感觉一股从未体味过的异性芳香，非常清新地沁入我的身心。后来，我再看见壁龛里的花时也觉得异常美好，看见靠在墙边的琴也觉得可爱起来。

每隔几天花瓶里的花儿都会被拿走，重新换上鲜花。琴也常常被拿到拐角处的房间去。下午时分我哪儿也不去，就坐在自己房间的桌子边，托着腮，听着从拐角处那间房子里传出的琴声。显然，她弹得不熟练，而且都是些比较简单的谱子。那个水平，怎么说呢？与她的插花水平差不多吧。我略懂赏花，她的花插得可真是太一般了。

尽管这样，各种各样的花还是轮番出现在我的壁龛里，装饰着我的房间。插花手法没有变，插花的瓶子也没有变过。说到弹琴，虽然不停地练，可是实在没有什么提高，琴弦乌拉乌拉地响着，可我从来听不出那是什么旋律的歌。她有时也唱，只是声音极小极小，恐怕连她自己都不见得能听清吧。有时她母亲会大声呵斥，这时就更是没声音了，索性连琴声都没了。

就这样，我每天都欣赏着这些插得乱七八糟的花，开心地听着弹不出任何旋律的琴声。

12...

从离开故乡那天起，我就开始有了厌世的情绪。不要相信任何人，不要依赖任何人，这几乎成为我的处世哲学，渗透进我的骨髓里了。叔叔、婶婶，还有其他亲戚，他们都是骗子，我恨他们。其实人都是一样的，没有一个好东西，叔叔婶婶就是他们的代表。在离乡的火车上，我甚至将车厢里所有的人，包括我的邻座都想象成这样的人，贪婪而自私，和他们搭话时我格外提防。我的心是阴郁的，就像吞了铅似的痛苦不堪。也许正因如此，我的神经才变得越发敏感起来。

回到东京后我想搬出宿舍一个人去住，其实也有这种原因。我非常不愿意和别人共处一室。加之，我也有了一些钱，自己一个人出去住的想法就更强烈了。要是从前，即使手里有许多钱，我也不会去做这么麻烦的事情。

搬出去住之后，对他人的提防心理也没有得到一刻放松。无论在哪里，只要有人的存在，我都会紧张得环顾四周，生怕有什么事情发生。奇怪的是，我的大脑和眼睛永不停歇地工作着，而嘴巴恰恰相反，越来越不爱说话。我悄无声息地坐在桌子旁，像只猫一样瞪着大眼睛，观察着房屋里的一切，本能地对房屋里的人保持着高度警惕，我对自己的这种行为时常感到内疚。我觉得自己就像是一个小偷，只是从来不偷不抢，真是可怜。

我一方面对住在公寓里的人保持戒备之心，另一方面却陷入了对小姐的迷恋之中。你一定会感觉奇怪吧，一个人在警惕的同时却能抽出心思来欣赏拙劣的插花，倾听弹得乱七八糟的琴声，而且还笑得出来。你要是这样质问我，我也只能告诉你，这都是事实，我只是将事实告诉你，至于为什么，我也不知道，反正那段时期我就是这样的，你自己可以找解释，怎么解释都行。我想说的一句话是：在金钱上，我不相信所有人。但是，在爱情上，我却从不怀疑。所以，外人觉得不可思议，在我胸中却是平静地存在，一点儿也不矛盾也不冲突。

我称呼房子的主人为夫人，也就是那位死去的军人的遗孀，后面我就直接写成夫人吧。在夫人的眼里我是个沉静的人，她夸我稳重成熟，还说我知道用功学习。但对于我所表现出的警惕，以及不安的眼神，却从来没有说过什么。也许她从来没有发现，也许她早已有所察觉，但始终都表现出没注意到的样子。甚至有时候她说话的口气中带着对我的尊敬。

她越是尊敬我，我越觉得不好意思，赶忙用话否认。每当这时候她总会认真地解释道：“你太谦虚了，你有很多优点，只是你自己感觉不到而已，只有旁人知道。”住的时间久了，我会和夫人也聊聊天，她说起初并没打算将公寓租给学生，而是想出租给那些在政府事业单位上班的人。我问她为什么，她说学生一般都没什么钱，只能住学校宿舍。她又说，我比她想象中要大方得多。是的，跟一些需要节衣缩食才能活下去的人相比较，我是阔绰了些，我不喜欢花钱时受到太多限制，这并非秉性问题，也和我的内心世界毫不相干。夫人只是凭借直觉来推测我的为人和品性，觉得我有点儿奢侈。

13...

夫人对我的态度直接影响了我的情绪，原来的紧张在这里变得渐渐放松。在家里，我的眼神再也不是张皇四顾了，脑神经也不用时时紧绷了，总之整个人比以前放松了许多。夫人就像是一个有魔力的人，将我释放出来的所有不安统统吸走了。

我觉得夫人是个明白人，她是故意那样对我的。或许她说的是真话，真的认为我是一个宽裕的人，或许我的小心眼只存在于我的脑子里，隐藏得很好，没有表露出来，夫人被蒙蔽了。

因为放松了，我和夫人、小姐的接触也渐渐地多了起来，有时候回到家里还会和她们开开玩笑。周末的早晨她们会泡好了茶，等我起床后一起喝，我也会买些点心消夜之类，请她们过来一起吃。我在家里的交际圈就这样建立了起来，为了维持这个交际圈，那时也花费了不少宝贵的学习时间。但我居然丝毫不介意，也不觉得是个负担。夫人本来就没什么事情，家里的事情她干起来绰绰有余，小姐上学回家后最喜欢做的事情就是插花，也学弹琴。我原来以为她会很忙，谁知她的空闲时间似乎比我还多。所以我们三个人经常聚在一起闲聊着玩。

每回叫我过去玩的都是小姐。我经常在房间里发呆，她来的时候，有时穿过茶室，有时走过我的门前，有时在走廊里，每次她走到我门前都要停一下，一定要叫我的名字，然后问一句："你在看书吗？"其实我并没有看进去，我的桌子上堆了许多令人头疼的书，我经常需要反复思考一个问题，有时会死死地盯住书上的问题，所以小姐以为我在很认真地看书呢。说实话，我才没有心情整天盯着无聊的书去打发时光，我一直在等她经过我这里，然后叫我。有时，她有事情没有来，我等得心焦，也会故意溜达到她的房间里去，做出只是路过的样子问一句："你在学习吗？"

小姐住的房间要比我住的小一些，大概是六张席大小吧，她的房间连着茶室。夫人总是时不时出现在茶室或者小姐的房间里，我想在只有小姐一个人的时候走过去，哪怕单独打声招呼也行，但是每次过去时夫人几乎都在，我站在外面打招呼，回答我的总是夫人，她客气地跟我说"进来吧"，小姐即便在里面也极少回我话。

彼此更加熟悉后，小姐有时会独自来我的房间，会问我一些问题，有时会坐下和我聊一会儿天。可是每当这个时候，我便会变得紧张起来，眼睛既不能看着她，又不好老盯着别处，神情慌张给我带来的尴尬更加刺激了我的慌张，而她显得很平静的样子，甚至都没有丝毫羞怯，我都怀疑每天弹着走音的旋律的人是不是她了。有时我们两个正在聊天，夫人会在茶室那边叫小姐，她好几次都是口头应承着却不动身。小姐虽然没有我的年龄大，但她也已经不再是小孩了，我就算再笨、再糊涂也能感受到她的意思。

14...

每次跟小姐单独在一起我就紧张，小姐起身离开时我才会觉得放松。可一旦她离开我的视线，我又会觉得要是再多聊一会儿就好了。我是不是太优柔寡断了，不像别的男子那样勇敢，要是现代青年，那会是怎样的呢？但那个年代大部分青年人都是我这样的。

大部分时间里，夫人都会待在家里，很少出门。我发觉，夫人要出门时总会给小姐找点儿事情做，好像要避免小姐与我单独在一起聊天似的。这到底是故意的，还是真的需要小姐去做事情，我说不大清楚。我有时又觉得夫人其实是愿意小姐和我接近的，但她又不放心，总是看似无意地走来走去，我认为她对我心存戒备，为此我感到有些烦恼。

因为不知道夫人的态度到底是什么样的，所以我和小姐独处时总有那么一些担心，担心被夫人看见。我希望夫人能明确地表态。叔叔欺骗我的事情还在我的记忆里，我不可能再随意相信别人了。我一天到晚琢磨着夫人的态度，到底哪个是真，哪个是假，真的难以判断。不仅我判断不出来，而且不知道她这样做究竟是什么意思。我非常想弄明白，可惜又琢磨不出个道理来，最后只得胡乱地总结一句：女人嘛，都是这样的，脑子不清楚，做事也糊涂，算了算了，不去想也罢。

我一向对女人的印象是她们都是愚蠢的，但唯独一个人除外，那就是小姐，我想轻视小姐可就是轻视不起来。我的所有固执和偏见在她那里好像都不存在了，见到她我感觉自己就像是一只顺从的小绵羊，她做的所有事情都是有道理的，都是可爱有趣的，我对小姐的爱几乎到了崇拜的地步。我用了崇拜这个词你一定会感到不可思议吧，但事实就是如此。我一直认为真正的爱情，同宗教是一样的。不管自己有多烦恼，有多么不顺，或有多少大事要去办，只要一看见小姐的那张脸，我的心就变得平静了，紧接着周围的一切都变得美好起来了，我心只剩纯洁。伴随爱情共生的有两样东西，一个是高端的情操，神圣的感情；一个是低端的情欲。在我的爱里，的确抓住了高端的极限。当然，我也是人，还是个正值青春期的男孩，我承认自己有情欲，但我对小姐的心不沾染一丝一毫的情欲。

虽然我不喜欢夫人神神秘秘的态度，觉得她又像是窥探又像是放纵，但我对小姐的感情却在日日加深。我们三个人的感情，要比我刚进公寓来住时复杂多了。当然，这种感情的变化我也极力隐藏，不表露出来。

一个偶然的机会，我发现自己以前是误会了夫人。于是我又感觉其实夫人并不是那种假模假样的人，她还是挺直爽的，有什么说什么，并没有对我隐藏什么。她一边对小姐接近我持开放认可的态度，一边又有所防范，虽然表面上看这是互相矛盾的，但她对我防备时并没有阻止小姐到我房间里来，没有禁止小姐和我聊天，她依然愿意我们两个人接近。只是要在她刚刚能够接受的范围内靠近。我对小姐从来没有起过坏心眼，或动过坏主意，所以那时候认为夫人完全没必要这么做。但是后来想通了，夫人做得也不过分，是一个母亲该做的。我对她也不反感了。

15...

后来，根据我的观察和自身的感受，我确信夫人和小姐已经非常信任我了，甚至将我当作自己人。其实她们从一开始，也就是我刚搬进来的时候就没有怀疑过我，是我自己多虑了。这一发现令我感觉怪怪的，甚至有点儿动摇了我对人的看法。通过比较，我那时觉得，女人要比男人更加富于直觉，她们要感性得多，所以才会出现那么多女性被男性欺骗的事情，相反，男性被女性欺骗的事件就少得多。我这样看待夫人，但对小姐就不一样了，听凭直觉，不加分析、不加怀疑，现在想来真是可笑。我一方面不相信任何人，另一方面却毫不保留地相信小姐，同时又不理解夫人何以这么相信我，真是个矛盾综合体啊。

在小姐和夫人面前，我极少谈起故乡的人和事，甚至从没有谈起过我的过去，对于被叔叔欺骗这件事更是只字未提，因为我一提起这些事就特别不愉快。正因为如此，在与夫人和小姐聊天时，我更多的是充当听众的角色，这一点对我来说已经足够，我喜欢听她们讲。可是我只听不发言，她们不答应，坚持要我也说点儿什么，我没话可说。她们就提议说一些自己过去的事情。她们特别想知道有关我故乡的事。最后，我终于开口了，一开口就全部说了出来，我告诉她们我再也不回故乡了，即便回去，那里也什么都没有了，只剩下父母的坟墓。夫人和小姐听后都沉默了，小姐甚至难过得哭了。将埋藏于心的东西全部说给喜欢的人听是一种解脱，说过之后我也感觉轻松了许多，不再像以前那么压抑了。

夫人听过之后点了点头，那神情仿佛是说果然没错，她的直觉都是对的。之后，夫人待我就更加亲密了，将我当作是自己的晚辈亲戚一样对待，我没有觉得不妥，反倒觉得很好很愉快。但这种感觉并没有持续很久。

我对夫人的猜疑源自一些鸡毛蒜皮的小事，但是这种小猜疑日积月累也会成为大患。人的猜疑一旦扎根心间，想去掉简直难于上青天。某天，一个奇怪的念头忽然闪现在我的脑袋里，夫人是不是和叔叔一样的人，她是在唆使小姐接近我？这个念头只在脑袋里一闪便被我捉住了并且无限放大。夫人原来的亲切和善顿时在我眼里一文不值了，这简直就是个大阴谋家。一想到此，我的心就像被人狠狠地刺了一刀。

我立即想到了要搬来住之前，夫人曾说过的一句话，正是由于寂寞才想出租房屋，让租客住进来。其实我倒不认为这是谎言，这本来就是事实。后来我们来往密切之后，我也没觉得夫人这一点有什么错。但是，有一点却是事实，她们算不上有钱人，经济状况没我好，所以从经济利益的角度上考虑，小姐与我成亲对她们只有好处没有坏处。

因为对夫人的怀疑，我的戒备之心又重新加强了。我对小姐怀有强烈的爱意，她说的一切我都愿意相信。然而，另一方面，我却对夫人心存疑虑，对她所做的一切疑虑重重。我在内心暗自嘲讽自己，怎么会这么矛盾呢，有时还骂自己愚蠢。如果仅仅是这些的话，那倒也无所谓，我的痛苦也苦不到哪里去。

真正使我感到痛苦的是我开始怀疑小姐，我时时冒出她也在骗我的想法。她是不是和她的母亲一样在欺骗我，她们是不是合谋在算计我。一想到此我就痛苦万状。那种滋味真的不好受，简直像是走上绝路，没有比这个更令我崩溃、更令我窒息的了。然而，这一切又都是我的想象，我仍然爱着小姐，仍然对她深信不疑。我在信任和怀疑之间摇摆不定，几乎要将自己折磨到疯。

16...

我依然像往常那样去学校上课，老师在黑板前面不停地讲啊讲，而我怎么也无法集中精力去听，他们的声音像是从遥远的地方飘来的。看书也是如此，书上那些字都从眼前飘过，很快都烟消云散了，进不了心底。我变得越来越不爱说话了。朋友们也不知道我到底怎么了，他们以为我沉浸在冥想之中。我也不想多做解释，爱怎么想就怎么想吧，不想跟谁说话我乐得清闲自在。只有我自己知道是怎么回事，所以烦恼、压抑时就特别想大喊大叫，我有时还会胡蹦乱跳，他们看见了竟有些害怕。

夫人的亲戚并不是很多，所以很少有客人来。周末时，小姐有时会带她的同学来家里小坐聊天，但那些女同学都轻声细语，在房间里聊一会儿就走了，从小姐房间出来一到走廊她们就不说话了，我都没有意识到她们这样小声是怕打扰到我。有时，我的同学也会来找我玩，他们聊天时常常无所顾忌，这么一来，我好像成了主人，而小姐这个真正的主人反倒像是房客了。

上面写得很随意，我想到哪儿就写到哪儿，难免有些太琐碎了，你别介意。

有一天，发生了一件奇怪的事情，我正在房间里看书，突然听到有男人说话的声音，好像是从茶室传出来的，又好像是从小姐的房间传出来的。我立即放下书仔细听了一会儿，那个男声十分低沉，我听不清他在讲什么，但越是听不清我越要去听。我几乎要放下手头所有要做的事情，一门心思只想听他到底在讲什么，继而想象着他是年轻人还是老年人，是英俊潇洒的还是书生气十足。总之，脑袋里已经给他设定了十几种类型，我恨不能走过去看看他到底是谁，但我又不能鲁莽地走过去看。我就这样一直干坐在自己房间里。尽管神经早已在颤抖，身心痛苦不堪。好不容易挨到客人走后，我急匆匆地走进小姐的屋里，顾不得拐弯抹角，直接问了那个人的名字。小姐和夫人很简单地回答了，之后我就不知道该再问什么了，一脸茫然，连继续追问的勇气仿佛也没有了。在那个场合下，我将自己的内心完全暴露了，我仿佛已经失去了掩饰自己失态的能力，将一切直白地写在脸上。夫人和小姐看着我的样子笑了，我知道她们不是在嘲笑我，或是出于善意，或是装成好意，我一时分辨不出，心里又失去了平静。这件事情过后，我反复问自己，我是不是被愚弄了？夫人和小姐该不会是逗我玩，故意要看我焦急的样子吧？

我已经无牵无挂，可以自己选择决定任何事情，即便我不想上学了，要去哪里工作，或者要与某人结婚，这些统统都不用跟谁商量，我自己就能决定。我也曾想过，干脆跟夫人直接说吧，请她将小姐嫁给我，但是每次话到嘴边就又咽下去了，始终没说出口。可能是害怕被拒绝吧。如果夫人和小姐拒绝了我，我不敢想象自己的命运究竟会怎样。当然，也不至于硬要去撞南墙，走向另一个方向是肯定的，所以，无论如何都要保持乐观。

但是，我最讨厌的事情是被别人诱惑，这就相当于被人欺骗。叔叔欺骗了我，我永远不要再被人欺骗。

17...

夫人见我一天到晚只知道读书，就劝我给自己添置几件衣服。我当时身上穿的都是母亲生前让人做的棉衣，有些旧了。那个年代学生们没有几个能穿得起丝绸做的衣服。我有一个关系很好的同学，家里人是做生意的，比较有钱，住的房子也很气派。有一回，家里给他寄来一件丝绸做的小褂子，大家都没人穿过，他一穿上大家就起哄大笑，后来他就不穿了，将那件丝绸小褂子随便塞进箱子底。后来，知道的人多了，都跑来要观赏一下他的褂子，他只得打开箱子取出来，结果发现褂子上爬满了虱子，真恶心。他将那件衣服卷成一团，出去散步时，顺便扔到校外的一个脏水沟里了。记得当时我跟他在一起，他跑去水沟前扔衣服时我就站在桥上面笑嘻嘻地看着他，我没有觉得他做错了什么。

按道理来讲，我应该算是一个成年人了，但是除了学习，其他关于生活方面的事情我真的不太懂，比如，为自己添置衣服这种事情，我就从来不曾想过。我固执地以为毕业后留起胡子了，再去好好考虑穿衣这件事情才比较合理。所以，当夫人建议买衣服时我当然要推辞的，我需要的是书籍而不是衣服。她知道我爱买书，便问我买的书都看完了没有。这个怎么说呢，我买的书里也有字典、词典，这个当然不需要读完，还有一些书翻了几页实在无趣，就扔到一边再也不看了。买衣服可能和买书是一样的吧，会买到一些无用的、自己根本就不穿的衣服，不过，这个也无所谓，买就买吧。我也正想以蒙夫人多方照顾为借口，为小姐买几样东西，例如腰带或者布料之类，总之，只要是小姐喜欢的都行。当然，这些事情都要拜托夫人。

我以为夫人会一个人去买这些东西，谁知那天去买东西之前，她却要求我和小姐都必须去。那时不比现在，年轻男子是极少陪女性逛街买东西的，况且我那时还是个学生，从来没有和女孩并肩走的习惯。虽然我很犹豫，但最终还是决定下来，要和她们一起去买东西。

那天天气特别好。一早起来小姐就精心地打扮了一番。她的皮肤本身就白，那天她又擦了好多白粉，走在路上特别惹眼，身边经过的人都会看她，他们看过她之后又把视线转到我身上，弄得我很紧张。

我和小姐跟在夫人身后来到日本桥，那里是东京有名的商贸区。我们顺着马路一直逛下去，夫人买东西的时候挑来挑去，说什么货比三家，耽误了好长时间。她拿起一样东西，故意叫我的名字，问我怎么样。她还将那些布料放在小姐的肩头比试，叫我后退几步看看颜色适不适合小姐。我那天的耐心也是出奇地好，一点儿都不觉得烦和累，夫人每次征询我的意见时，我都做出一副成人的表情来，指出什么地方合适，什么地方不合适，俨然一副专家模样。

我们三个人逛了很久才回家，等到家时已经是该吃晚饭的时候了。为了答谢我的陪逛，夫人说晚饭她请我下饭馆，吃什么由我做主。我也不好推辞，就跟着她们一起出去吃了。我们三个人去了一条窄巷子，那条窄巷子的名字叫作“原木店说书场”。巷子很窄，吃饭的地方更加窄。我从没来过这里，夫人却非常熟悉，真让人吃惊。

吃完饭我们就一路走了回去。因为第二天是星期天，不用去上课，所以我起得很晚。到了第三天，该上学了，刚进校门就有人跑过来跟我开玩笑，故意问我：“准备什么时候结婚？在哪儿办宴席？”然后又夸张地说：“你的妻子可真漂亮！是个标准的美人！”我猜一定是周末出去买东西时被他们看见了。

18...

回到家看见夫人和小姐都在，我就将学校同学的玩笑话告诉她们。夫人笑了，她大声问道：“他们这样问你时，你是不是很尴尬呀？”夫人的这句话真不好回答。其实要不要给夫人和小姐讲同学们开玩笑的话我是想过的，之所以给她们讲就是想看看她们有什么反应。其实现在想来，大可不必这么绕弯，完全可以直截了当地问。但是，我那时做什么都犹犹豫豫的，不能果断地做决定，每次都是欲说还休。后来，话题又转移到其他事情上去了，这件事情就这样过去了。

我曾经试探着问过夫人对小姐婚事的看法和想法，夫人是个直爽的人，她说没有什么过多的想法，很简单，看着合适就合适，不合适就算了。她还说，小姐年龄还小，尚在上学，她也不是很着急。从夫人说话的口气中明显可以感觉到她非常看重小姐的容貌，她认为小姐长得不错，找个条件好的人嫁了不算太难。如果想要嫁人，那随时都可以定下来的。小姐现在年龄小，夫人还有点儿不忍心让她这么早就嫁了呢。至于是嫁到别人家，还是招一个女婿来她家，这个目前还没有定下来。

这次同夫人的谈话，我得到了不少信息，也知道夫人对于小姐婚事的态度了。我因为始终没有表白，坐失良机。我不知道该怎样说出口，就想着算了吧，今后再找个机会讲。最后又聊了些别的话题，我们就各自回房间了。

在我和夫人聊天的时候，小姐一直就在旁边，刚开始时她还附和了几句话，笑着说："你的那些同学太过分啦。"后来不知道什么时候，她已经躲到一边去了，一句话也没有说，好像在整理衣柜，一直背对着我们。最后谈话结束我要回自己房间时，转身看了她一眼，看不见她的脸，不知道她到底是什么样的表情，也猜不出她对这个问题是怎么想的。她只是打开衣柜，从里面拿出一些东西来，放在膝盖上整理着，好像有那天给她买的布料，还有给我买的衣服，我们的东西整整齐齐地叠在一起放在衣柜的角落里。

最终，该说的话没有说出口。在我起身打算离开时，夫人忽然很严肃地抬头问我：“那么，你是怎样想的呢？”其实我们早已转到另一个话题上去了，她到底是在问什么呢？我不确定她问的是不是关于我的婚事的问题，就又反问了她一句：“什么怎样想的？”当我弄明白夫人问的是小姐的婚事是不是该早点儿确定时，我回答说：“那还是缓缓再说吧。”夫人说了句她也是这么想的。

我和夫人、小姐相处得不错，我们彼此之间也已经非常熟悉了。我不为人知的痛苦经历都告诉夫人和小姐了，我以为我和小姐的婚事应该没有什么问题，只差我开口请求夫人了。我完完全全没有想到会有另一个男人插入进来，那个男人要成为这个家庭中的一员，他的插入竟然决定了我的命运，对我的人生产生了翻天覆地的影响。如果没有那个男人，一切都不会是这个样子，我也不会是现在你认识的这个我，我更不会给你写这么长的一封信。

那个人就像一只拦路虎一样横在了我和小姐中间，像一道黑影瞬间掠过我的眼前却置我后半生于黑暗之中。但是我竟然在开始时没有发现。而且，最悲哀的是，是我将那个男人拉进这个家里来的。当然，他能进来还需经过夫人的同意才行。开始时我什么都跟夫人说了，但是夫人不同意那个人来，而我固执地以为自己做得没错，他应该来的，于是断然地按照自己的意思办了。

19...

怎么称呼那个男人呢？他的名字里有个K字母，我就称他为K吧。老实说，K是我的发小，我们从小就在一起玩儿。关于小时候的诸多事情我在此就不多写了，总之，我们小时候是很好的朋友。K是家里的老二，他的亲生父亲是一名信奉真宗的和尚，他从小就被送给一位医生，做了医生的养子。我出生的那个地方，信奉真宗的人很多，本愿寺的势力很强大，比起别的派别，真宗派和尚在物质生活上要优越得多。怎么个优越法，你们现在的年轻人可能不大能理解，我举个例子：如果真宗派的和尚有了女儿，长到了适当的年纪，需要出嫁，这个不用她的和尚父亲操心，那些有能力的施主会替他们办好这件事情的，施主们往往会寻得一个经济宽裕的家庭，而且女孩出嫁的嫁妆都不需要和尚自己掏腰包。

我的朋友K出生于真宗和尚家庭，他家本来也很富有，但是，是否有实力送K去东京上学这个可不大好说。他的亲生父亲送他去医生家里做养子是不是就为了能够让他去东京上学，这个也不大好说。总之，K去了医生家，做了医生的养子。这件事情发生在我们上中学的时候，我到现在还记得很清楚，那天老师来教室里点名，当点到K时老师用了别的姓，大家都非常吃惊，我也被吓了一大跳呢。

K的养父是个医生，相当有钱、有实力，他后来资助K去东京上了学。我们两个去东京的时间不一样，可是K来东京后就马上和我住进了同一间宿舍。学校一般是两到三个人合住一间宿舍，我们就刚好分到了一起。我们两个都来自外地，就像是从山里捉来的两只动物似的，被关在一个笼子里吃喝，然后相互依偎在一起观察着外面的世界。对于来自外地的我们，东京的一切令我们既好奇又恐惧。但是，在这六张席大的宿舍里，我们谈论起外界来却仿佛目空一切。然而，我们是认真严肃的；年轻的我们认为自己的未来不可限量，自己会成为了不起的人。特别是K，他性格要强，不服输，从小在寺院长大的他常常把“修行”二字挂在嘴上。他的言谈举止在当时我的眼里也可以用“修行”二字来形容。我从心底里很敬畏K。

还在中学时，K就喜欢谈哲学、宗教之类的问题，我对这些不懂，所以对他就很佩服，同时也被他的很多观点搞得稀里糊涂。我想他一定是受了他父亲的影响，也受到寺院的熏陶，总之，比起一般的和尚，他的性格更像和尚。

K的养父，也就是那个有钱的医生，原来打算让K到东京学医，但是K并不想成为一名医生，他拿着医生资助的钱却不去上医学课。他有自己的打算，从来就没想过要改变。我责问："你这不是在欺骗你的养父吗?"我以为他会企图掩盖这个事实，说一些理由搪塞，谁知K完全不是这样的。他理直气壮地回答我:"是的，为了道义，我必须这么做。"

我没有想到他竟然这么坦然，就问他："那你养父那边你怎么交代？""还能怎样，我又没做错什么，道义引领着我这么做的。"虽然我听不懂K所谓的道义是指什么，但看他的样子仿佛道义是很了不起的。现在想想，他自己都不见得能说得清楚什么是道义吧。

不管怎么说，道义这类朦胧的词汇在当时我们那群年轻人心中十分神圣。一个人若心怀道义，即使什么也不懂，也可以心高气傲地活下去。所以，那时即使觉得K愧对于他的医生养父，但他在我心目中的地位还是没有变。于是，我变得赞成K的做法了。K坚持的东西不会随便动摇的，他专心致志，别人的反对对他这样的人来说意义都不大。那时，我虽然只是个孩子，但我知道一点，由于我赞同K，所以K一旦出事，我这个支持者多少都要承担责任。纵然那时还没有这样的决心，作为一个成年人，在回忆往事时，用最恰当的话来说就是，我所要承担的责任就是我的支持造成的后果。

20...

K并没有去学医，他根本不喜欢学医。他心安理得地花着养父寄给他的钱，按照自己的意愿学习，走自己喜好的道路，连一丝犹豫都没有。像我们这么大的年轻人，即使再胆大妄为，做起这种事情来也得提心吊胆，也会有些许愧疚。K却完全没有，他向养父家隐瞒了实情，同时，也不怕被最终发现。我相信他有这份胆量。知道实情的我都在替他担心，而他表现得比我还平静，我不得不佩服。

在东京上学的第一个暑假，K没有回家，他给家里写了一封信，说放假同学们都回家了，他正好可以安安静静地学习。后来我们都回家了，他跑到驹込的一个寺院里，租借了一间空房子，在那里看书学习。我九月上旬返校还专门去那里找过他。他果然是将自己关在一间肮脏破旧的寺院小房间里看书。他住的是间斗室，非常小且没窗户，紧挨着正殿。他像一个和尚一样地生活着，气色倒是挺好的，似乎一个假期都学得非常开心愉快的样子。我看见他手腕上戴了一串念珠，便问他那是干什么用的。他一本正经地坐下，学着和尚的样子用拇指一个一个地数着。在我看来那串珠子根本就数不完，我常常想K就这样一整天不停地数着，什么时候他才会停下不数呢?

K买过好多不同种类的书，这些书他都看过了。有一次，我在他的书架子上发现了一本《圣经》。他的确是喜欢看这些经书，我经常会听到他讲关于这方面的知识。但是基督教的东西，我还没怎么问过他，他也没有讲过多少。既然这次在书架子上翻出了《圣经》，于是我就问他为什么看这种书，他回答说是《圣经》对人类的精神世界影响极大，这样被人视为至宝的书当然要好好阅读了。而且K还说如果有机会，还要读一读《古兰经》，他对经书的研究可真够深入的。

转眼间，在东京的第二学年又过去。夏天暑假时，K的养父希望他能回家过个暑假，他们也好看看他的变化，K找不到不回去的理由，只好动身回家去了。在家里他只字不提自己的学业，养父也没有过问这些。再说了，他的养父养母也不知道该问些什么，他们又不懂学校的规章制度，问了也是白问。这一点你应该很明白的。学生在学校犯了什么错，做了哪些坏事，回家后怎么可能对父母讲呢，家长们也不好去问学校。所以只要不说，谁又能知道呢。K当然比我老练多了，他若无其事地回来了。在返校的火车上我们还遇见了，我问他怎么样了，他说没什么，平安无事。

第三年暑假时，也就是我和叔叔彻底翻脸、我发誓再也不回故乡的那个夏天，我劝K和我一起回去。K说他不回去了，他说每年都这样回去真是太无聊了。就这样，他继续留在东京学习，我只好独自回了故乡。

在故乡的两个月，经历了一系列令我终生难忘的大事，我悲伤到极点，这些事也最终改变了我的人生观，前面我已经提过了，这里就不再多说了。我心中充满了气愤、阴郁和孤独，只身回到东京，又见到了K。我以为他一直在学习，谁知他亦经历巨变。

原来，我走后不久，他心血来潮给自己的养父写了一封坦白信，道出了实情。听他如此说我真的蒙了，K到底想怎样？他曾经跟我讲过他肯定会将实情告诉养父的，我猜他这样做肯定基于两种原因。第一，他想迫使养父接受他的选择，反正生米已经煮成熟饭了，不接受也不可能了，最终的结果是让他爱学什么就学什么去。第二，他不想再欺骗养父母了，纸包不住火，反正他们早晚都会知道，干脆自己坦白。

21...

事情还是朝着坏的方向发展了。据说，看到K的信后，K的养父震怒，立刻修书一封，严厉地批评了他，说他居然敢欺骗父母，真是不肖之子。同时，养父声明从此不再寄学费和生活费给他了。K将这封养父寄来的信给我看了，我心里暗想，那只能求助于他的亲生父亲了，结果K又拿出一封信来，是他的亲生父亲写的，几乎和养父那封信是同一天发过来的。原来他不只给养父写了信，亦给自己的生父写了封信，说了同样的内容。生父对他的批评比养父还要严厉许多倍。因为这件事，K到底是该继续维持与养父的关系呢，还是解除与养父的关系，恢复自己的原户籍呢？这都是以后考虑的问题。眼前迫切需要解决的是他每月必需的学费和生活费。

经济问题可是个大问题，我问K有什么打算，他说他打算去找一份夜校老师的工作先做着，收入不多，但解决吃饭不成大问题。我们那个时候找工作比较好找，机会也多，兼职工作随时可以找一份，不像现在这么难找。夜校的这份工作K肯定能干好，但是，K就这样被断了经济来源，我觉得好像我也有责任。他告诉过我他不想按养父的要求去读医学，我当时是赞同的。现在出现这种结果我绝不能袖手旁观，应该伸出援手，给他提供一些物质上的帮助才对。可是，K直接拒绝了。他说：“大学生不能自力更生算什么男子汉！”他个性要强，大概觉得靠朋友资助面子上过不去，自食其力要愉快得多。我也不忍心为了显示自己多有爱心而挫伤他的感情，于是没再说什么，一切随他，相信他能处理好的。

没过几天，K就找到了他想要的工作。但是，对于特别珍惜时间的人来讲，这份工作实在是太辛苦了。K是一个很自律、很要强的人，他不会因为工作而影响自己的学习，也不会选择赚钱而去糊弄工作。现在，他身上的担子可真不轻，但他表现得似乎更加上进，我担心他身体吃不消，迟早会累垮，但他只是坚强地笑了笑，继续做自己该做的事情。

按说，经过这么一折腾，经济上受挫，一般人就会放弃抵抗。可K不是一般的人，他并没有妥协，和养父的关系没有缓和，却变得更加复杂了。我几次想找他单独聊聊，结果他却总是没有时间。所以，我最终也不知道他们之间到底发展到何等地步了，只知道事情越来越棘手了。我还听说有人试图从中调解，催促K回家。K说不行，他还要学习，回去不了。

在我看来，K确实在认真地学习，养父却以为他这是固执、不想和解的表现。这样一来，事态就变得更糟了。他既伤害了养父的感情，同时也激怒了自己的亲生父亲。这下子我也帮不上什么忙了，我写信企图劝说一下三方，但已经不起任何作用了。我发出去的信有如石沉大海，连半句回音都没有收到。我也非常生气。既然已经走到这种田地，那我就对K支持到底，无论他对与不对我都站在他这一方。

事情发展到最后，结果是K恢复原来的户籍。他过去所花的养父母的钱全部算清，一并由K的生父赔。问题是K的生父对这件事情也很生气，他的生父扬言从此不再管他了，欠的债务他自己还。这样说的意思也就等于宣布断绝父子关系了。或许没那么严重，但K是这样跟我解释的。K出生后不久母亲就去世了，他大部分时间是跟着继母生活的，继母做事就比较决绝，他多少受到影响。如果他的生母还活着，那他绝不至于和生父闹到这般田地。前面已经说过，他的生父是个和尚，单从不欠情这一点上，倒是有点儿武士精神呢。

22...

K与家庭之间的纠纷终于平静了下来，好长一段时间都没有提起过，后来，我意外地收到了K的姐夫的一封长信。这位姐夫与养父家有亲戚关系。姐夫曾经帮助K在养父面前说过好话，周旋了很久，在K恢复原籍事情上也帮助过他，所以K还是很尊重自己的这位姐夫的。

姐夫在信里问我K的情况，他知道K已经没有经济来源了，希望他能坚持下来，也愿意为他提供帮助；最后说K的姐姐很不放心，希望我能尽快回信告诉他们K现在的情况。K其实很喜欢他的这位姐姐，比起哥哥，他和姐姐的关系要亲得多。姐姐比K大很多，小时候像母亲一样照顾着K。

我将信拿给K看了，他什么也没有说，只说自己也收到姐姐的来信，K回信说自己过得还可以，让姐姐不要担心。K说他爱姐姐，可是姐姐不太幸运，嫁的婆家经济上不富裕，尽管无比同情怜惜自己的弟弟，但在物质上无法帮上忙，真是无奈。

后来，我给K的姐夫写了回信，大意跟K的回信相同。最后告诉他们不必太过担心，我和K是好朋友，关键时刻我一定会出手帮他的。这倒不是我在说大话，我本来就打算帮他的。当然，也是想让担心他前途的姐姐放心的，另一方面，也含有对抗蔑视我的他的本家和养父家的意思，我们有足够的勇气活下来。

K真是一个了不起的年轻人。他是在大学一年级时恢复原来户籍的，从一年级一直持续到二年级的期中，大约有一年半的时间，他完全靠自己的兼职收入供养着自己。这个不是普通人能做到的。

K因为过度劳累，他的健康和精神也受到了严重的影响。当然这不仅仅是工作造成的，也因为他刚刚脱离养父家，许多纠缠不清的问题无休止地折磨他使他疲惫不堪。他渐渐变得有些神经质了。有时候他会说，这个世界上唯独他一人背负着不幸，要不是这些不幸缠绕着他，他早就有所成就了。之后他又变得焦虑不安起来，总觉得自己快要沉入黑暗之中，光明早已与他无缘。年轻人一开始都抱着远大的目标，每天不停地朝着自己的目标奋斗，然而却经不住时间的考验，一两年过去了，快要毕业时，发现自己的脚步变慢了，仿佛还在原地，大多数人此时会变得很失望。其实这很正常，年轻人大部分都是这样的，K也一样。但是，因为K对自己的要求太高，所以遇到这种情况时情绪反应会比一般人更大，焦虑来得更猛烈些。经过一段时间的思考，我感觉要平复他的情绪，最重要的还是先要让他心情平静下来。

我劝K将外面的兼职工作先暂停一段日子，好好休息，调整一下身体，再去奋斗，这样才能更有效率。我知道K比较倔强，不见得会听从我的建议，但没想到他竟然是那么固执，弄得我都不好意思再提任何建议。K说他从来不为学习而学习，这是庸俗之人的做法，而他是为了磨炼意志才选择学习的，他最终的目的是要成为一个坚强的人，一个伟大的人。他说着说着，又得出一个结论：一个意志坚强的人必须尽量使自己处于逆境。只有这样才会变得更坚持。这在一般人看来，简直像是胡说八道。我倒不认为他是在胡说八道，但真的感觉他已经在锻炼意志这条道上走得太远，以至于走火入魔了。

K的意志并没有在逆境中增强，在我看来，他倒是渐渐变得神经衰弱了。我也不知道该怎样劝他。我告诉他，我也赞成他的主张，愿意同他一起努力。（跟K生活了那么久，我也渐渐地受到他的影响，认为他是个有力量的人。）为了减少他的生活开支，最后我提议他和我一起住，但是我不能直接说出原因，所以只说是方便同他一起攀登向上。他开始不同意，在我一次次真诚地恳求下，他总算答应了下来，搬到了我的住处。

23...

我的房间很宽畅，还附带了一个小小的会客厅，大约四张席大小的样子，进门后必须先通过那个小小的会客厅，然后才能进到卧室里。K搬来后我就将他安置在这个小小的会客厅里。其实，起初我决定让K跟我一起住卧室，那个小会客厅也作为共同的空间，但K说能分开住还是分开住，这样方便，不会互相影响，他自己选择要住那个小客厅。

前面我已经说过了，我要带K来住时，夫人不愿意。她说："从做买卖的角度来讲，当然人住得越多收入就越高，三个人要比两个人更有赚头。但我这又不是在做生意，还是尽量别带人来了。”我急忙解释说：“K不是外人，是我的一个极其要好的朋友，他绝不会给别人添麻烦。”夫人说：“就算像你说的那样是个好人，但摸不清楚他的为人和脾气，所以还是算了吧。”后来我反问夫人：“你一开始时也不了解我的，但现在你了解了，我是一个添麻烦的人吗？”夫人笑了笑说：“一开始就知道你的脾气不会坏。”我苦笑了一下。夫人见我还在恳求就换了一个理由，说：“带一个那样的人来，谁知道会怎么样呢？没准儿对你自己也不利呢，还是别带来为好。”我追问为什么对我不利，夫人看着我苦笑了一下。

实话说，我并不是非要K搬来和我一起住，但是我换一种方式，例如每个月用钱去接济他，那他一定不会接受的。他的自尊心那么强，从不肯接受别人的恩赐。我让他搬去和我一起住便可以节省他的住宿开销，而且我会背着他告诉夫人做两个人的饭，然后悄悄地将两个人的饭费给夫人。

我一直没有告诉夫人K的经济状况，我觉得没必要说，只是说K现在身体不太好，需要在学校外面住着休养一段时间，他和我住着也不会觉得孤独，性情就会慢慢好起来。夫人问起K的家庭状况，我觉得没必要隐瞒，于是便告诉夫人他跟养父家闹翻了，生父不仅不同情他，反倒和他断绝了父子关系。他的处境困难，他宁愿自己一个人去承受这一切，但作为好朋友我不能不伸出援手，我决定将自己的能量输送给他，也恳请夫人和小姐给予他帮助。

就这样，我渐渐说服了夫人。关于这个说服的过程我当然不会去告诉K的，否则，他那么要强、那么爱面子的人，肯定不会搬来住了。后来，K虽然不情愿，但他最终还是搬过来和我一起住了，我装得若无其事地迎接了他。

K搬来的那天，夫人和小姐帮了不少忙，她们帮K将行李安置好，又擦洗了一遍房间。看着这一切我心里暗自高兴，就好像自己终于做了一件大好事，尽管那天K仍旧一副阴郁的表情。

那天睡觉前我问他房间怎么样，他只说了一句还不错就什么话也不说了，我们一宿无语。这里的环境对于当时的K来讲，算不上最好，但绝对比他之前住的地方要强上好多倍。他以前住在一个背光的黑屋子里，常年见不到阳光，房间潮湿肮脏，公共食堂的饭菜与那个房子一样差，甚至比那个房子更糟糕，他搬到我这里来，不夸张地说简直是进入了天堂。但他不露声色，这一方面源自性格的收敛沉稳，另一方面是由于他一贯的主张。他接受了许多佛教思想的熏陶，佛教教义要求衣食住行方面尽量节俭，奢华是不道德的行为。K还读过一些高僧和圣哲的传记，所以比较崇尚精神和肉体的分离。在他心目中人类的肉体应该受苦，这样有助于精神走向更高境界的自由。他的确是渴望精神走向光辉的。

对于K，我也没有别的行之有效的好办法，我一般尽量顺从他，他发表个人观点时，即使我有不同意见也尽量不当面提，总之，不逆着他。我努力地想将K这块冰端出封闭的屋子，将他放在阳光充足的地方，等着他慢慢融化，成为温暖的水。到那一刻，他必会觉醒。

24...

我经历过痛苦之事，也因此绝望过。偶尔的机会来到了夫人这里，她以自己的方式挽救了我。所以，我决定以夫人对待我的方式去对待K，我相信一定会有效果的。我知道K和我在性格上有很大的不同。但是，我自从搬进了夫人的家里，一些外在的棱角不知不觉中已经磨平了，K应该也会这样吧。这里是一个让人心静的地方，K在这里一定也会平静下来的。

K是个意志坚强的人，他在学习上比我努力，而且天资也很好。我们的专业不同，所以他在专业方面的表现我不太清楚，也不好说。我们在一个班的时候，无论初中还是高中，K的学习成绩总是名列前茅。他做什么都很认真，又追求完美，我做起事情来是比不过他的。

但是，说服他搬到我的住处来这件事情我认为自己是做对了。我认为K这个人根本不懂得克制和忍耐的区别。注意，这是我专门写给你看的，你要仔细一点读：我们的精神也罢，身体也罢，我们的所有机能在外部环境的刺激下，既会得到发展，亦会受到损失。二者无论哪个都有逐渐加强刺激的必要。所以，如果认识不到这一点，便会朝着非常危险的方向发展下去，这种发展有时连自己都不清楚，恐怕连旁人也察觉不到。医学上讲，在人体的所有器官中，胃是最懒惰的，如果每天只喝粥，不吃其他任何东西，久而久之，胃就会丧失消化比粥更硬的东西的功能。所以，医生常常会劝大家每天要吃不同的食物。但是，我认为这并不仅仅是指习惯的意思吧，可能还有随着逐渐增加刺激，从而慢慢加强营养机能的抵抗力的含义。如果相反，胃的能力逐渐衰弱，后果会是什么样子，这是立即就可以知道的。虽然，K是个比我有作为的人，但他丝毫没有发觉这一点。好像是只要习惯了困难之后，其他困难便一定无所谓了。他似乎坚信一点：只要不断地挑战自己，发掘自己的潜力，那么困难就难不倒自己，为此他需要重复困难，这样才能不畏惧困难。

我们俩经常会就一件事情各自发表见解，我一旦提出自己的见解，他一定会反驳，会从各个角度来证明我的见解存在问题，然后举例论证，他举的例子大多都是过去的事例。而我对这些过去的人和事是持怀疑态度的，我总是一遍又一遍地说过去的情况与现在的我们是不同的。K仿佛根本听不进去，依他的性格来看，就算再争论一年他也不会服任何人的，他只会将自己的观点保持到老，而且他还会用自己的实际行动证明自己的观点百分百正确。这样一来，K就变得有点儿可怕了，他一边在摧毁自己，一边在奋不顾身地前行。

从结果上来，他的了不起之处在于他亲手毁坏了自己的成功。尽管如此，在我心目中，K仍然是一个不平凡的人。我是他的亲密朋友，对他再了解不过，知道他的脾气，却无法对他这个人下一个定论。实话说，我一直感觉他患了一种精神上的疾病：神经衰弱症。如果某天我说服了他，证明了我自己观点是正确的，他肯定会恼怒的。

我不是担心会跟他吵起来，只是我知道这会使他的精神受不了，会更加抑郁，从此陷入更深的孤独中，这种孤独我过去经历过，我可不希望我的朋友重蹈我的覆辙。正因如此，在他来到我这里住下后，我尽量避免与他的观点出现对立，也不去说一些批评他的话，只是平静地观察着周围一切给他带来的影响。

25...

在K搬进来住之前，我曾经跟夫人和小姐说过，希望她们多与K聊天，这对他有好处，他总是一个人看书，一个人思考事情，太过沉默，就像一块铁，若很久不拿出来，就会锈迹斑斑。K需要与人沟通。

夫人有一天笑着说："你的朋友很难沟通哦，连靠近都难。"小姐还特意举了一个例子，说是有一回，她看见K房间的火盆里好像没有火了，想为他换上一盆。出于礼貌，于是就问K："火盆还有没有火？"K说了一句："没有。"小姐又说："那就给你换一盆吧。"K冷冷地拒绝了，说："不用。"小姐说："那你冷吗？"K说了一个"冷"字就再也不想继续说话了。听小姐这么说，我只好苦笑了一下，想说点儿什么安慰一下小姐又不知道该说什么好，最后自己又觉得K其实也没做错什么。已经是初春的天气了，虽然还有一丝冷，但也没必要非要烤火。从这个角度讲，他表达的是真实情况。夫人说他难以接近，这倒是真的。

那时候我一心只想着改变一下K的性格，让他多与人接触，最起码心情会变好。最简便的方法就是让他多与夫人、小姐一起聊天。我不在的时候他绝不会去和她们聊天，所以我在的时候就将夫人和小姐都请来，也把K拉进来。总之，只要是聊天的时候我都会叫他来一起聊。当然，K是不喜欢这样的，他恨不能整天只在自己房间里待着。我们一起聊天时，他有时会突然起身走出去，我怎么叫他都不回来。我知道他可能看不起我，他曾反问过我："这么闲聊有意思吗？"我只是笑了笑。

K的眼光当然比我高，他思考的问题也比我严肃，这一点我不否认。他看不起任何人这一点我也清楚，他连我都不大看得上眼呢。然而我有自己的想法，眼光再高，没有实际的本领也是白搭，终究成不了大器。我当时觉得摆在眼前急需解决的首要问题是，将K先变成正常人，他的状态太不正常了，这样下去很危险的。我发现一个人的理想再远大，如果他自身变不成伟人，那简直就毫无意义了。我要将K改造成一个正常的人，目前的方法，也是最可行的方法，就是让他坐下来和我们这些正常的人一起聊天，和异性聊天，感受一下这里的空气，慢慢地等他习惯了，再试着清理掉他血液里的那些锈斑。

改造说起来容易做起来难，但无论如何，还是有变化的。起初时，K和夫人、小姐根本无话可说，即便坐在一起，K看起来也是心在别处。一段时间过后，他似乎变得比以前从容了，好像意识到在自己之外还有另一个世界存在。有一天，他甚至对我说："女人们还是有点儿思想的，不能太蔑视她们了。"好像他也开始要从女人那里追求同我一样想知道的知识和学问了。如果忽视了这一点，自然会产生出轻蔑的念头。以前他极少注意男女之事，甚至完全没有注意过，想都没想过，他以无所区别的目光看待一切男女关系，也以看待男性的眼光看待女性。我对他说假设只是咱们俩聊天交际，那我们俩只能是两条平行线，永远无法有交集，而是无休无止地延伸下去。他大概感觉到我说得没错。其实，那时我正在如痴如醉地爱恋着小姐，所以自然而然地说出了那样的话，但我没有向他提过我对小姐的感情。

K正在慢慢地打开心扉。以前的他整日埋头于各种书籍里，现在他仿佛已经注意到书籍之外的世界，这个变化令人欣慰。这就是我要做的，情况正在向好的方向发展，我忍不住在内心要感谢自己了。当然，我不能去向K说这些事情，不可能对他说你变开朗了。我只能将这些变化悄悄地跟夫人和小姐说，她们也觉得开心。

26...

我和K每天回到住处的时间是不一样的，我们学不同的专业，上不同的课，所以放学时间也是有早有晚。有时我先回来，他的房间没有人；有时他先回来，我穿过他的房间时就会跟他打声招呼，他每次都会从书堆里抬起头朝我看一眼，简单地说一句："刚回来吗？"我点点头或者"嗯！"一声算是回答，他也从来没有多余的话要跟我说。

有一天，我去神田办事，回来时天色已晚。我匆匆跑回家，进屋前哗啦一下拉开隔扇门，就在拉开的同时我听见小姐的声音，她正在和人说话，但声音并不是从她房间传出来的，好像是从K那个房间传出来的。小姐的房间正对着房门，旁边挨着茶室。而我和

K的房间在左边，还是有一些距离的。声音从哪个房间传出的，我一听就能听出来。我转身关上隔扇门时，小姐的声音也马上停了。我弯腰解鞋带的时候——那时我穿的是那种高帮系带皮鞋，这种鞋子在当时是很时髦的——K的房间里突然没了声音，他们谁都没出声。我心里还在纳闷，难道是我刚才听错了吗。我像往常一样，推开K的房门，准备进我的房间，这时却发现K和小姐正端坐在那里。K还是那句话："刚回来吗？"小姐则没有动身，她也说了句："欢迎回来。"不知怎么，她的那句话在我听来有些很不自然，大概是心理作用吧。我边问边向里面走："夫人呢？"其实我也没有别的意思，只是按照往常的习惯，夫人肯定也在家的，但今天的屋子里显得很安静，我觉得奇怪才问的。

小姐回答说："夫人出门去办事了，女佣也跟着一起出去了。"所以家里现在只剩下K和小姐了。小姐这样说过之后，我马上想到以前不是这样的，夫人从来没有将我和小姐单独留在家。"夫人干什么要紧的事情去了？"我问小姐，她说她也不知道，然后笑了笑，这种笑在我看来有些尴尬，甚至有些讨厌了。许多年轻女孩都是这样的，为了一些无聊的事情发笑，要么就是无端发笑。大概小姐觉察出我脸色不对，就又收住了笑脸，认真地对我说："可能没有什么要紧的事情，她只是出去一下。"我当然无权再追问了，毕竟我的身份只是个房客。

我进到自己屋里，放下手中的东西，重新换了身衣服，不一会儿就听见夫人和女佣的开门声。再过了一会儿，晚饭时间到了，大家都起身去了饭桌上。其实，那个时候租公寓的客人一般是不去饭厅吃饭的，都是主人安排人专门送饭到房间的。我与夫人、小姐都非常熟悉，她们拿我也不当租客看待，所以每次吃饭我都是跟着她们一起在饭厅里吃。K来了之后，夫人问要不要给他单独送饭去房间，我说不必要，一定要将他当成自己人，就像对待我一样对待他。为此，我还专门去了一趟茶之水，那里专门卖家具，我让工匠按我的设计做了一张大饭桌，是那种薄板的，桌子腿可以收起来，这在当时比较贵，一般家庭都还没有，当然，现在就比较流行，家家都在用这种饭桌。

大家边吃边聊，夫人说她和女佣刚才去街上买饭了，因为原来订的那家饭馆好像临时有事情，不能按时送饭过来，她怕耽误大家吃饭，所以就去街上买饭了。那时候在招待租客时确实是这样的。说话的时候小姐又瞄了我一眼低着头笑了，夫人立即制止了她。

27...

大约一星期后的一天，我又发现小姐在K的房间里聊天。那天K比我回来早，我推开隔扇门时，他们两个好像正在聊着什么事情。我从K的房间穿了过去，小姐看见我回来就笑了起来。要是在往常我肯定停下来问她笑什么，但那天我并没有问，也没有停下来。我默默地走到自己的房间，K也没有像以往那样说：“刚回来吗？”小姐似乎觉察出来气氛的变化，她立刻打开隔扇门，向茶室那边去了。

晚饭时，大家照例围坐在一起，小姐说我最近有些奇怪，我听见了却装没听见，只低着头吃饭，没有说什么。夫人好像瞪了小姐一眼，小姐就不再说话了。

吃完饭，天气尚早，又没什么事情可做，我就带着K去散步。我们没有走植物园大街，而是从传通院的后门穿过，又从富坂绕了过去，那里有个大斜坡，我们顺着坡走了下去。这一段路可真不短。我们就这样一直走着，期间很少讲话。K内向，不爱说话，一般都是我在侃侃而谈。那天，我一边走一边找话说，总不能一直不说话吧。我没有谈学校的情况，而是围绕着我们当房客的这家人说，我问他感觉这家人怎么样，其实就是在问他对夫人和小姐的印象。他的回答少得可怜，而且说得模棱两可，最后我也摸不清他到底是什么样的想法。他给我的感觉就是，他的人生大事是攻克专业，至于女人嘛，他真的是无心过问，也没时间搭理。他说得也有道理，马上就要期末考试了，哪里有时间去关心别的事情，他像一个用功的学生不停地汲取知识，永不疲倦。况且，他说了一些关于他专业的知识，他已经倒背如流，而且里面的重点、难点他都能一一破解，说得我简直佩服至极。

终于等到考试结束，我们都放松了下来。因为考得还不赖，夫人就祝贺我们说："不简单，还有一年就结束了。"此时，小姐也要中学毕业了，夫人显得特别开心。K说："女人哪，真是不用费心费脑，几乎什么都没学到就稀里糊涂地毕业了。"他这么说显然是轻视小姐的学习，就连小姐课外学习的女红、弹琴、插花等在他眼里都不值一提。我笑他的思想太传统了，看不起女人在社会中的地位。说着说着，我又提起了之前就说过的有关女人的价值的话。这次K没有那么强烈地反对，可是也没有赞同。这就说明他听进去了我的话，尽管他还是那种"哼、哼"不屑于讨论这一话题的模样，而且也不将在我心目中独一无二的小姐放在眼里。现在想想，我对K的嫉妒之心也许就是从那个时候开始的吧。

暑假去哪里玩真是个令人头疼的事情，我问K的意见，他正在看书，头都没抬，说没什么好玩的地方，好像哪儿都不想去。当然，K没有闲钱出去玩，但是，他要是愿意的话，我肯定会邀请他的，我能支付得起他的花销，再说了，出去玩一趟也花不了几个钱。我问他为什么不出去玩，他说还有好多书要看，看书比出去玩有意思多了。我说："那咱们找个凉快一点儿的地方避避暑，边避暑边看书学习。"他却直接回了我一句："要是那样的话，你一个人去好了。"尽管被他拒绝，但我还是不想让他独自留在家里，他和小姐会有许多亲近的机会，一想到此我就感觉浑身上下不舒服、不自在。我也说不上来是什么原因。K和夫人、小姐亲近是我的初衷，生拉硬拽地将K弄到这儿来住，不就是为了让他和人多交往、多亲近吗？自己最初的想法快实现了怎么又变得不自在起来了，我真是个傻瓜。夫人听见我们没完没了地争论去不去度假的问题，实在听不下去了，她就跑过来调解。最终，我和K达成了一致，一起去房州那边度假。

28...

K以前很少出门旅游，他是那种假期宁愿待在房子里看书都不到户外去的人。其实我也不怎么旅游，这还是头一次去房州呢。两个什么都不懂的人出门时全然没有事先的安排，船到达第一站停靠码头时我们就上了岸。那个地方叫保田，不知道现在叫什么，我反正再也没有去过。保田是个乱糟糟的小渔村，放眼望去，到处都摆着鱼，还有晒着的鱼干和海产，走到哪儿都是一股鱼腥味儿，幸好我不是特别讨厌鱼腥味儿，K也还行。

那里的海浪有点儿大，站在海里经常会被一个浪头冲倒，冲倒可就惨了，马上手脚破皮。所以站在海水里并不见得是件幸福的事儿。

我实在不喜欢这里的海，便问K感觉怎么样。他既不说好也不说不好，脸色平静，无所谓的样子。但他每次下海都会弄得身上到处是伤。后来，我提议到别处去，他终于答应了。于是我们离开保田，去了富浦。在富浦也没有做过长的停留，当天就去了那古。那时候，沿海这一带每到暑假大部分都是学生，从东京各个学校来的学生们全都聚集到这里，享受海水浴场。尤其那古这边，海水干净，沙滩也柔软，几个海水浴场都是人满为患。

这里的景色极为美妙。我和K经常会选择一块干净的岩石坐着，一起眺望这片蔚蓝大海。脚下是清澈见底的海水，远处是色彩瑰丽的海平面，一些红色的、蓝色的鱼儿在水里欢快地游来游去。总之，一切都特别美好。在海边吹着凉风看看书也挺好的，我经常将书摊开放在干净的大岩石上趴着看。而一向爱看书的K在这里反倒不看书了，他总是默默地坐在岩石上，一连好几小时盯着远方看，什么也不做。我简直猜不透他在想什么，是完全沉醉于这里的景色，还是在想象着自己的未来。我问他在想什么，他只答什么也没想。我有时会后悔没带小姐一起来，要是现在和我一起来的是小姐而不是K的话，那该是多么幸福啊！有时我会忽然怀疑起来，K会不会也有我这样的后悔呢？他是不是也在想小姐呢？他是不是也想和小姐一起享受这片美景呢？一想到此我就烦躁起来，再也不想看书了。我猛地捡起一块石头扔向海里，然后声嘶力竭地大声喊叫，嗓子喊疼了也无所谓。总之，我已经坐不住了，更没有心情去吟诵那些搜集来的诗歌，就像野人一样疯狂乱叫。对小姐的担心和迷恋在那个假期越变越强烈，我担心K抢去了我所迷恋的人，继而对K的恨意越来越重。有一次，K像往常一样矗立在一块岩石上远眺，我从他身后突然一把抓住他的颈项，问他："你说我敢不敢把你推到海里去？”我以为他会反抗，谁知他却出奇地安静，连身体都没转过来答道：“你敢，你推吧。”他这样一说我反倒松开了他的后颈。

K本来神经衰弱，这次暑假的锻炼使他感觉好了许多。相反，我却渐渐变得敏感起来了，真是可笑。每当看见K镇静自若、心安理得的样子，我的心越发不能平静。过去我羡慕他的毅力，现在我羡慕他的平静，他总有我羡慕的地方。他的平静来自哪里呢？倘若他的平静源自他的自信，他已经重新拾起了对学习和事业的信心，对未来光明前途的希望，那么我和他之间并没有冲突，我甚至还可以继续照顾他。但是，倘若他的自信是源自对小姐的别有用心，这个我就不能容忍了，我绝不原谅他。K其实并不知道我爱着小姐，我没有告诉过任何人，在他面前我故意掩饰着对小姐的爱，因为我觉得他在男女情爱这方面比较迟钝，所以我才这样做的，我将他带进这个家庭也是因为我觉得他比较老实可靠。

29...

与其这样受着煎熬，不如索性告诉K，告诉他我爱着小姐，让他不要再在小姐身上浪费时间了。其实这种要向K坦白的心情早在出门旅行前就有了，只是一直找不到合适的时机说出来，我也没有去刻意制造这样的机会。那个时候人的思想比较传统守旧，男子们聚在一起基本都不谈女人，也不知道该谈什么好，总之没有什么聊的话题就不说话一直沉默着。我不知道这算是羞涩呢，还是保守思想在做怪，总之，大家都这样。今天当然不同了，比过去开放自由多了，想谈什么就谈什么，谈女人一点儿都不会觉得不好意思，谈论者和被谈论者都觉得是很正常自然的事情。

我和K的关系很好，我们之间的谈话也不是仅限于书籍、学问、未来的事业、抱负和修养等，偶尔也会聊几句关于爱情的话题，但从不谈得过于具体，大多都是抽象的理论。即便开起玩笑来，也不会在爱情这一话题上做深入具体的谈论。自从我打算告诉K我迷恋着小姐起，我就一直在找机会，将话题向这方面引，但一方面害怕讲，犹犹豫豫地进行思想斗争，另一方面又没有能力引导这个话题，经常话到嘴边就是找不到该说的时候，总之是没有讲。我那时恨不能在K的脑袋上敲出一个洞来，将这件事情直接吹进他的脑子里，使他立即明白过来。

我这样说你一定会感到好笑，但对于身处那个年代的我来讲，算得上是巨大的困难和挑战。在家里我找不到机会跟他讲，终于出门旅游了，就我们两个人，我却还是这么迟疑不决，连我自己都有些气恼自己的胆小了。我每天都在暗地里观察着K，寻找可以开口讲的机会，可是每次看到他那目空一切的神情，就不由得又改了主意。我感觉K简直就像一尊活动的大理石雕像，将我要去投射给他的热心情意，连带着种种善意一并反弹回来，真的令人沮丧。

当然，我也不完全讨厌他那高傲冰冷的神情，有时反而觉得放心，后悔自己是不是猜错冤枉他了，他其实并没有改变，也没有将小姐放在心上，是我多想了。每每这种时候我都会在心里向K道歉，并觉得自己是个阴暗卑鄙的小人，又立马变得讨厌起自己来。但是，过不了几天，对他的怀疑又冒了出来，甚至比以前更为猛烈。我就这样反复在自己的想象和猜测中受着煎熬，这一点对心理极为不利。当我怀疑K时，对自己的自信几乎降至零，我甚至觉得K的长相比我帅很多，比我更讨女人的喜欢；他的性格也比我好，不像我这样心胸狭窄。他所拥有的，都是异性喜欢的，就连他那目空一切的神情，似乎也很有男子气，这是我无论如何都没有的。至于学业，那就更不用说了，他的优秀和努力人尽皆知，我甘拜下风。

我还有哪点比他强呢，简直处处不如他。这样想着，内心刚恢复的平静又起了波澜。

内心的终日不安使我看起来神色憔悴，K就说要不收拾行李，回东京吧。他这么一说，我忽然就平静了，他是想早点儿回去见到小姐吧，这怎么行呢。后来，我们就绕过房州角向对面走下去。向当地人打听了路线，本以为很快就会到达目的地，结果却越绕越远。正是一年中最热的时候，烈日炙烤着大地，刺眼的阳光下眼睛都睁不开，身上穿的衣服被汗水打湿又晒干，我们一边苦恼着，一边哼哼唧唧地走着。我半开玩笑地问K这样走着有什么意义，K毫无表情地回答："有脚就走。"我真的是热得难受，就不停地走一会儿，下海水里泡一会儿，这样反复暴晒，反复跳进海水里，我们俩累得筋疲力尽。

30...

我们就这样一直走着，酷热和疲劳同时摧残着身体，躯体对于我们而言好像是两张空壳子，灵魂此时仿佛已经脱离了躯壳。我们仍然时不时地说两句，但话语中心情全无。我们对彼此的态度仿佛已经没有厌恶，也没有亲切，最起码在这段长途跋涉中我已经累到了无感觉。总之，由于炎热和暴走，我们之间又形成了一种新的关系。就像结伴做买卖的商人，互相帮扶，但无论怎样都不会从聊天中听到真心话。

终于，我们走到了铫子。途中还发生了一件意外的事情，我至今还记得。在房州境内，我们去了一个叫小凑的地方，听说那里有个鲷鱼浦，很有名，具体都玩了些什么，有些什么东西，现在记不太清楚了，毕竟过去很多年了，只记得我们俩的确去了这个地方。鲷鱼浦是日莲的诞生之地。后来我还查阅过资料，资料上说日莲诞生的那天，有两条鲷鱼冲上了海滩，村民们以为神物，从此就再也不敢捕捞鲷鱼了，由于渔民的不捕捞，引起鲷鱼大量繁殖，所以海湾里的水里到处都能看见鲷鱼。为了更好地观赏，我和K租了一条小船，专门去到海湾里看鲷鱼。

不得不说，我非常喜欢鱼类，那些淡紫色的鲷鱼在水中悠闲地游来游去，样子特别有趣，就算看得再久也不会觉得累，我一直兴致勃勃地趴在船舷上观察着，而K却表现得很淡定，他似乎对这些鱼儿没有多大的兴致，倒是一门心思想去了解日莲。幸好渔夫说不远处有一座诞生寺的寺院，一听到渔夫这么说，K便急切地想去。关于诞生寺名字的来源我现在记不清了，好像是因为日莲诞生的村子，所以才叫了诞生寺吧。不管怎么说，那个寺院还算干净漂亮。K建议去拜访一下诞生寺的住持，我不想去。就我们这身打扮可真是寒碜，衣服本来就破了，因为出了太多的汗，还在散发着一股汗臭味儿。路上K的帽子还被风刮到海里去了，只得随便买了顶草帽戴在头上遮阳，就这身打扮见那些和尚可真是太滑稽了。但这些仿佛都不是什么大不了的，K还是执意要去，他说："如果你不想去，那就在外等着。"最后，我还是无奈地跟着他一起进了寺院。我原想着我们一进去肯定要被打发出来的，谁知那些和尚却格外殷勤。我们被带去了庄严的正殿，在那里K和住持和尚聊了很久。我对他们聊的那些内容没什么兴趣，所以虽然也坐着，但心思并非在他们的谈话上。我隐约记得K对日莲特别感兴趣，一个劲儿地打听关于日莲的事，那个和尚说了许多，我现在只记得几句话，说是日莲被称为草日莲，是因为它的草书写起来特别绝妙。K的字实在算不得好，连工整都难算得上，但他听到说草日莲写得好时脸上露出不屑的神情。也许他还想了解更多关于日莲的事情，和尚可不见得能讲得出那么多来。我们终于走出了寺院，刚一出大门他就滔滔不绝地给我讲起了日莲。炎热的天气里，疲惫不堪的我实在是没有心思听他讲这些，嘴里便含含糊糊地"嗯嗯啊啊"应答着。后来连嗯啊的力气都没有了，干脆不发声了。

我们就这样继续着旅程。一天晚上，回到旅店吃过饭，差不多要睡觉的时候，不知怎么回事扯到一个深奥的话题上来。先一天K谈到日莲的问题时，我实在没什么兴趣，这令他很不高兴，他说："没有进取精神的人都是蠢材。"他这么说是要把我也归入这一类人里，他一直将我看作一个缺乏上进心的人，我当时真的不太在意，因为我满脑子里想的都是小姐，心中只有小姐，对他说的话只好置之一笑。

31...

那段时间，在K面前我最喜欢说的一个词是"人情味"。K回击说我企图用这一点来掩盖自己的缺点和弱点。他说得没错，因为和他比起来，我当然是够"人情味"的，他却是丝毫也没有，这一点简直就是他的软肋。每次我们俩展开"人情味"这个话题的讨论，K就只剩下防守的份儿了。K问："我到底哪里没有'人情味’？”我打趣他：“你不仅有‘人情味’，而且你的‘人情味’还太浓了呢。只有我最了解你，别人看不出你的‘人情味’是因为你嘴上从来不提起，而且脸上还故意装出很冷漠的样子。”

当我这样说时，K就替自己辩解道：“我的修行还不够，所以别人才会这么看，误以为我是很难接触的人。”关于“人情味”的辩论，K对我的说法丝毫没有反抗力，这让我感觉有点儿扫兴，不禁又对他产生了同情之心。每当这个时候我就主动停止争论，K无比惆怅，也不再辩论，他说：“你要是知道我的一个朋友的遭遇，你一定不会再用“人情味”这一点来与我辩论。”K说的那个故人当然不是什么英雄人物，而是一个苦行僧。在我看来，苦行僧们大都是为了所谓的提升灵魂而虐待肉体，为了自己坚持的道义而鞭挞身躯之人。K说我根本不了解他所受的苦难，亦不会明白他何以要坚持这么做，实在是太遗憾了。

白天太累了，我们讲着讲着就睡着了。第二天，又开始上路，将前一天所受的累和苦又重复了一遍。走着走着，我忽然又后悔起那天晚上的事情。谈起人情味，本来可以继续向下聊，趁机说出我一直以来想说却没有说的话，但是我生生地打住了话题，又一次错失良机，真的太遗憾了。这种机会来之不易，我后悔自己用“人情味”这种抽象的语言，而应该直截了当地说出来。想出“人情味”

这种词可是费了一番功夫的，也是为我对小姐的感情打下基础，然而还是没有达成目标。由此可见，相较于提炼事实、编造理由给他听，还不如把事情的本来面目摆在他眼前。在此，我还是实话实说吧，之所以迟迟没有这样做，是因为我和K从过去到现在，谈论的都是学问的事情，还真没有谈过别的，我们之间的关系是建立在学习之上的亲密关系，这种关系一旦建立，谈话的内容也会受到相应的限制。再加上天生的惰性，我们真的很难突破。最起码，我个人恰恰缺乏的就是突破它的勇气。要说是因为矫揉造作也罢，或是因为我个人的虚荣心也罢，总之，最终结果是一样的。我在这里所说的虚荣心、矫揉造作并不是一般人所说的那样，这一点相信你是理解的。

长途跋涉、身心俱疲的我们终于回到了东京。我们像一对异域而来的黑人兄弟一样出现在东京街头，东张西望地游走在纷乱的人群中。好久都没有正儿八经地吃一顿大餐了，看见两国饭店时再也挪不动脚，那里的斗鸡闻名东京，我和K也顾不得天热，点了一份斗鸡就坐下等了。此时的心情真的是大变，什么人情不人情的，完全顾不上了。一向高傲冷漠的K此时饥肠辘辘，身上的宗教气息早已荡然无存，都专注在了食物上。

吃完饭后，K建议不坐电车了，干脆沿着小石川走回家去。我的体力比K要强很多，吃过饭之后再走一会儿对于我来讲完全不成问题。

天黑之前，我们终于到家了。一推开门夫人就迎了出来，她似乎吃了一惊，没想到我们两个竟然晒得那么黑，跟出发时的样子相比简直判若两人。“哟，瘦了不少呢！这样更结实啊。”小姐听见了响动，也从屋子里走了出来，听见夫人前后矛盾的话又笑了起来。这次旅行前，我常常会为小姐的发笑而生气，这时看见小姐走出来，我的心情很好，也许是好久不见的缘故吧。

32...

这次回来以后，我发现小姐的态度有些变化。这种变化外人是看不出来的，但我能觉察得到。出门旅游了很久，回到家里我和K各自休整，等一切都收拾妥当，恢复往日的状态后，夫人开始照料我们的日常，她像往常一样帮我们打理房间、烧水送饭。然而小姐却有些不一样了，她做事情时似乎都是先做我的，然后再去做

K的。幸亏都是一些细微之事，否则做得太露骨了我会有些尴尬。小姐做这些事情时也有分寸，这一点令我很欣慰。她那么小心翼翼地做着，将自己的那份温情默默地传递给我，似乎只让我一个人感觉得到。而此时的K依然像从前一样，他心平气和，并没有面露不快。我和K之间总会有一个人出局，现在似乎已经确定了出局的那个人不是我。

这个夏天非常短暂，我们旅游回来没过多长时间又到了该上课的日子了。我和K早起出门的时间不同，下课回来的时间也有早有晚。一周之内，有三次都是他先回来。无论我什么时间回来，K都是一个人在房间里，小姐在忙自己的事情。我每次从K房间穿过时他都是抬起眼睛机械地重复一句："刚回来吗？"我也是机械地点点头。整个九月份都是这样度过的。

大概在十月中旬的一天，那一天我记得特别清楚，我睡懒觉起床晚了，匆匆忙忙梳洗完毕，随便披了件和服就跑去学校了。我平常去学校都穿那双高帮皮鞋，很耐心地系上绕了七八圈的鞋带，但那天时间实在来不及了，我趿拉着草鞋就出门了，就这样上完一天课后又急匆匆地赶回住处，按照课程表，那天应该我比K早回家。所以到家后我并没有敲门，而是哗啦一下直接拉开了房门。这时我忽然听到房间里传出K的声音，同时传出的还有小姐的笑声。很奇怪，K应该是比我晚回家才对呀！我直接走到房间门口，因为没有穿很费事的高帮皮鞋，不需要解鞋带，所以我马上脱下草鞋打开了隔扇门，这时我发现K像往常一样端坐在桌前，小姐没在他房间，但我好像发现小姐跑出去时的背影。我问K，怎么回来得这么早，他只说心情不太好，所以想早点回来休息。我走进自己的房间。过了一会儿，小姐送茶水进来。她还像往日那样问候我回来啦，我点了点头。我想问她刚才去哪里了，但又觉得有点儿唐突，因为我并不是特别确定她刚才是从K房间里跑出来的，所以话到嘴边又止住了。小姐放下茶水就立即起身离开，在经过K的房间时她又停下来和K说话，说什么内容我听不清，好像是刚才没有说完什么话，现在继续接着说，只不过没有坐下来专门聊。

K在这里住的时间久了，小姐在K面前的神态也越来越自然了。原来我一个人住时，小姐有事找我时总站在门口叫我的名字。现在，我和K都在家时，她也时常走到K房前的走廊上，叫着K的名字，然后很从容地走进去。其实，也没什么事情，无非就是送信件和洗好的衣服之类。这种往来在同住一个宅子的两个人之间也无可厚非。但那时我爱慕着小姐，希望她是独属于我的，无论如何我都没办法将他们看成是清白的。我的内心简直在煎熬。我感觉小姐在故意回避我，不来我的房间，偏要去K的房间里坐着说话。也许听我这么说你会觉得我奇怪，怎么不请K离开小姐，搬出去住？但是，你知道当时我是硬拉着甚至是求着K住进来的，我告诉了夫人K的情况，现在反过来请K搬走，我要怎么跟夫人、小姐解释呢？这个行不通。

33...

转眼间就到了十一月份，雨总是淅淅沥沥地下个没完，天气变冷了。一天，下课后雨没有停，我没带伞，只好冒着雨走回去，幸好雨不算很大，我穿着淋湿了的大衣，一如往常穿过蒟蒻阎魔堂，走上狭窄的坡路回到家里。K没在家，我经过他房间时发现火盆里是新添的火炭，烧得正旺。我急忙推开自己房间的门，想赶快烤烤冰凉的手，谁知我的房间却非常冷，火盆里只剩白色的灰烬，火苗早已熄灭。我真的有些不快了。

大概是听到我的脚步声，夫人赶了过来。她推门进来时发现我正站在屋子中央，便赶紧帮我脱下大衣，换上和服。她一边问我冷不冷，一边跑去K房间里将火盆拿了进来。我问夫人K回来了吗？夫人说，好像已经回来了，不过什么时间出去了她不太清楚。K那天应该在我之后回来的，怎么他会先回来了呢？我又犯嘀咕了。夫人推测说，也可能是他有什么事情吧。

我没再问，就着火盆坐下来看了一会儿书。家里太冷清了，听不见任何人的说话声，初冬的寒冷和寂静笼罩着一切，我忽然有点儿坐不住了，放下手中的书，穿上大衣出了门。外面已经不下雨了，但天气依然是阴沉的，我带着伞沿着炮兵工厂的后墙走下东坡。这条路其实咱们俩走过的，那时候的路面没有现在的宽，坡很陡，很难行走，狭窄的小路弯弯曲曲，一直延伸到坡底，南面一带是高楼，下雨天从坡上流下的水经常排不出去，淤积在此，导致路面特别难走。最难走的路段是狭石桥到柳町那段，路面泥泞不堪，就算穿着高齿木屐或者长筒雨靴也不好走。行人们只能选择走路中央，那里有一条泥浆自然分开的狭路，略高于地面，有一二尺宽的样子。大家排成一队，小心翼翼地通过小路。正是在这条路上我遇见了K。

当时我低着头只顾看脚下的路，前面的队伍突然不动了，我抬眼正好发现K与我擦肩而过。我问他去哪儿，他还像以前那样以爱答不理的口气回答说去那边走了一会儿。我没再问，侧过身让路，他也侧了一下身子，就在这时，我看见K身后跟着一个女孩子。我眼睛近视看不太清楚，等那个女孩走近时我才发现，原来是小姐。我大吃一惊，小姐显得有点儿紧张，脸微微有些红。她尴尬地向我问了一声好。我一时有些蒙，怔怔地望着小姐的头，她的发型在那时看起来很时髦，编的是蛇形发，就是把头发盘成蛇的形状在头顶，显得整齐利落。我们四目相交的一刹那，我忽然意识到总要有一个人让路，于是我向后退了一步，一只脚踩进泥水里，留出空地让小姐通过。

接下来的路我不知道自己是怎样走的，也忘记了自己原本要去的地方。我只记得自己继续走到柳町大街，站在十字路口，既不想向东走，也不想向西走，好像去哪儿都没意思。裤子上溅满了泥水，我全然不顾，也毫无知觉，只是胡乱地在泥地里走着，没有什么方向，走着走着就走回了家。

34...

我满脑子只有一件事情：他们俩是结伴出去的吗？除了这个问

题是清楚的之外，脑子里再也想不到其他了。进到房间里，我直接问K是不是和小姐一起出去的，K边看书边镇静地回答我说不是，他在真砂町偶然遇见了小姐，就一起回家了。我没再继续问他。我不能相信K的话。晚饭时，我又问小姐同样的问题，小姐歪着头，笑着说："你猜猜。"女孩子的这种态度真是令人讨厌，我觉得小姐这个样子特别矫揉造作。我紧皱着眉头，夫人觉察出来了，她没说话，K还是一副若无其事的老样子。在年轻的女孩中，小姐应该算是比较有思想的那种，相对比较稳重，但她刚才的样子令我非常不快，我不知道这种不快是由于我嫉妒K的缘故，还是由于小姐对我耍花招。我真有点儿茫然。当然，我肯定是嫉妒K的，这一点我不会否认。对K的这种嫉妒在平常的琐事中一再被加强，这是另外一个问题，然而这种嫉妒不正是爱情的一个侧面吗？爱有多深，嫉妒就会有多重。一个结过婚的人嫉妒之情会渐渐地淡下去，同时，爱情亦不如以前的强烈。

我对K的嫉妒之情逐日在加重。我曾想过要不要将自己的顾虑讲给对方听，这个对方当然不是指K，也不是指小姐，而是指夫人，干脆直截了当地告诉夫人，请求她将小姐嫁给我吧。然而，我是那样的优柔寡断，以至于迟迟不能提出，一天天地拖延了下去。唉！在感情这件事情上，我承认自己真的太拖沓了，在K来之前就应该提出，但无端地怀疑人家是不是给自己下的圈套。现在，我们之间多出一个K，我又疑心小姐对K有意，这种疑虑不停地纠缠着我。如果小姐真的喜欢的是K，而不是我，我会退出，我不需要这样的爱情，这种爱情没有任何价值和意义。尽管这世上确实有一种人，不管对方愿意不愿意都强娶回家。在我眼中，这样做的人要么太诡谲，要么就是根本不懂爱情的蠢货。现在回头看看那时的自己，真的太幼稚。其实一旦成亲结婚，以前的嫉妒或者不快，或者小小的不愿意都会变得平淡。总之，那时的我真的只会从理论上来看待爱情，将爱情理想化，一旦到了需要真正地去实践时就变得缩头缩脑、畏惧不前了。

我和小姐单独接触的机会还是非常多的，向小姐直接表明自己的爱慕之情的机会也有，但始终没有说出口，机会被我一一错过。我的内心仍然比较保守，我认为按照日本人的习惯，直接表白还是不大被允许的，我接受这种传统，不愿意去冲破它。当然，也不能因此说我是受了这种束缚才不去表白的，其实小姐要是先表白的话我当然也是会接受的，不过，日本人，尤其是年轻女子在这种场合下，普遍缺乏表白的勇气，往往将自己的真实想法深藏于心。

35...

种种原因使我不能做出决断，欲言又止，陷入这种状态整个人显得很无力又很焦急。就好比你感觉到身体很差，需要去睡个午觉，醒来后，眼前的一切重新清晰起来，你想起身，手脚却忽然动弹不得，使不上力，身体不听使唤。旁人无法理解你是怎么了，只有你自己知道，你一个人焦急却丝毫没有办法。这就是我的痛苦。

时间过得真快，转眼又到了春暖花开的日子。一天，夫人走过来跟K聊天，要K约几个朋友一起来家里玩纸牌游戏。K马上回答夫人说自己没有什么朋友，夫人听了露出很惊讶的表情。K的确没有朋友，走在路上打招呼的朋友倒是有一些，不过，要好到玩纸牌的朋友却没有。夫人又转身问我，可不可以约朋友来玩纸牌，这真让我为难，因为我已经没有什么心思玩牌了，只含含糊糊地答应了，过后就将这件事情丢在脑后了。晚上，见我和K都无事可做，小姐硬是拉着我们一起聊天，也没有什么别的客人，加上夫人，我们四个人正好可以玩牌。但K几乎不会玩“百人一首”这种牌，每一步都需要指导。我问他到底会不会玩，他回答说是正在研究。一边的小姐听我这样对K说话，大概是觉得我有些蔑视K，就明显地站到K

的一边去了，故意和我对抗。这样下去难免我要和他们吵起来。幸而K极少说话，表情一直淡漠，我们才算勉强玩了一会儿。

大约两三天之后的一天上午，夫人和小姐很早就出门了，说是去市谷的亲戚家。那天我和K恰巧都没有课，就留在家里看门。我没心思看书，也不想出去散步，不想做任何事情，只想靠在火盆边，双手托着腮，就这样坐着。K也没有出门，他一声不响，不知道在房间里干什么。我们两个经常是这样的，彼此一声不吭，连翻书页的声音都听不到，房间里安静得像是没有人。

十点钟左右，我正呆呆地望着窗外时，K忽然打开了隔扇，他站在门边问我在想什么。其实我什么也没想，要说想的话，那也只能是想小姐。以前想到小姐都是愉快的，如今却有些复杂了，想到小姐时必然会想到K，K像一个无法摆脱的影子，总在我脑际萦回。他像是横在我和小姐之间的一道障碍，然而我却没办法移走。我默默地看着K的脸，并没有回答他，我实在也不知道该回答他什么。K索性走了进来，坐在火盆边。我放下双肘，将火盆向他那边推了推。

K主动和我聊起了家常琐事，这不是他的风格，他从来不跟人聊这些的。那天他问我夫人和小姐去了哪里，我说可能是去婶母家了吧。他问婶母是什么人，其实我知道的也不多，夫人以前提起过一句，大概也是一位军人的妻子吧。K又问女人出门拜年不都是在正月十五之后吗，怎么夫人和小姐提前去拜年了。这个我怎么会知道呢！

36...

K那天问了许多关于小姐和夫人的事，一直问到我都说不出话来他还在追问。我一方面感到厌烦，另一方面更觉得奇怪。以前都是我滔滔不绝地向他谈论小姐和夫人，现在他忽然主动问了这么多，我不得不问他为什么要问这么多关于小姐的问题，可他却闭口不回答我的问话，真的很奇怪。K是个不爱说话的人，平常想要表达什么的时候总是嘴唇先抽搐几下，仿佛他要说话，但嘴唇却紧紧闭着，不听使唤，在反抗着他的意志。然而，一旦张口，他的声音里却饱含力量、不容反驳。

此时，我又看见他的嘴唇在抽搐，他可能有话要讲。嘴唇的抽搐好像是在做着某种准备，对于他即将讲出的内容我一点儿预兆都没有。所以，当他讲出时，我整个人都惊呆了。难以想象，从K那抽搐着的嘴唇里，竟然说出了他对小姐无法割舍的爱慕之情，请想象一下当时的我吧，他的话语简直像是魔棒，瞬间将我点成化石，我失去了所有的功能，身体和思想一概不能动了。

那时，我真的被他的话吓傻了，吓得凝固成一团，或者说痛苦成一团了。突然间整个人变得像岩石或钢铁一样坚硬起来，不能动，也不能呼吸。幸而这种状态没有持续多久，当我从那种恐惧状态清醒过来时，马上意识到一件事，糟了，这本该是我说给他听的话，怎么他反倒过来抢了先。

现在怎么办？我要怎么说才能让他明白？就这样了吗？因为焦急我浑身直冒汗，衬衫都湿了。而K一旦开了口便停不下来了，他不断地讲着，将自己的心思全盘托了出来。我痛苦至极，脸上表情僵硬，任谁都能看出我的痛苦来，相信K一定能看得见，然而他却沉浸在自己正在讲述的事情里，根本不去理会我的痛苦。他的自白从一开始直到结束都是用着同样的语气、语调，一成不变地凝重、迟钝，显示出一种不可轻易动摇的感觉。听着他的自白，我的内心慌乱、焦虑到了极点，他说的具体内容我一点儿也听不到，只是偶尔有一些词语飘进了我的耳朵，不断在我心中回荡。痛苦、焦虑、不安笼罩着我，不，更准确地说，还应该包含着恐惧，我害怕

K比我更强大，其实他的确比我要强大，他会不费吹灰之力抢走小姐的。

K终于倾诉完了，而我什么也说不出口。原本我应该向他说这些话才对，现在我已经不想再说什么了，我并非在为盘算这种利害关系而闭口不言，只是不知道该怎么说，也不想再说什么了。

午饭时，夫人和小姐还没有回来，女佣服侍着我们用餐。我和K相对而坐，都没有出声。那顿饭是我这一生中吃过的最难以下咽的饭，我无比痛苦地默默吃完，然后起身回到自己的房间。

37...

我关上隔扇门，一个人静静地待在房间里。K也回到自己的房间。整个下午我们都没有发出任何声响，就像都不在家一样。

我不止一次问过自己，要不要现在就向K说明一切，然而又觉得我一直等待的机会已经错过了。上午他向我倾诉的时候我就应该打断他的话，全盘说出自己的内心想法。至少在K说完时，当场把自己的心思说出来，也许这样会好些。现在，K已经说出了自己的心意，我再去做同样的事情，这样似乎不太合适，而且显然不自然。总之，我不能以这种不自然的方式取胜。此时，悔恨占满了我的脑袋。

要是K再打开隔扇门走进来的话，我一定要抢在他之前先说我喜欢小姐，他上午说的那些话我完全没有准备，这次我一定不能让他先说，我一定要把上午失去的东西夺回来。我在房间里静静地坐着，眼睛死死盯着隔扇，满怀期待地等着K拉开隔扇门，但是K那边一直静悄悄的，丝毫没有响动。

一切太过安静，我的心里却焦虑不安。K在他的房间里肯定想着小姐，一想到此我就无法忍受。我和K都在家时经常是这样的，隔着一个隔扇，我在这边他在那边，除了看书几乎没有别的事情可做，所以很安静，有时我甚至怀疑K根本不在隔壁，这就是我们生活的常态。

现在跟以往没什么不同，我们两个都安静地待在自己的房间里，不发出任何声响，我却被K的这种安静弄得失去了常态。尽管我极力想打开那个隔扇，想和K再次交谈，尽管如此我还是没能主动打开这扇门，我只能无奈地等待K再次推开这扇门。

我越是坐下来等待内心越是焦急，后来竟坐卧不安。再这样等下去，我一定会冲进K的房间里的，为了避免这种疯狂举动，我只好起身来到走廊上，又从走廊踱到茶室，实在无事可做，就将火炉上的热水倒了一杯，一口喝下，然后走出了家门。

既然我不能主动闯进K的房间，那就远离他，逃到大街上来。过年的大街上有些冷清，我漫无目的地东游西荡着，反正去哪儿都无所谓。我想呼吸些新鲜空气，让脑袋放松一会儿。可是无论怎样走，K的形象总出现在我的脑海中，挥之不去。我只能一边在大街上转悠着，一边思索着他那样做的意义何在。

K的确变了，不再是以前我理解的那个K，他变得难以琢磨了。我没有料到他会突然向我倾诉这种事情，他对小姐的感情怎么会深到那种程度，他以前一直隐瞒着自己的感情，作为最了解他的人，我竟然丝毫未曾发觉。K很要强，做任何事情都很认真，我不怀疑他对这份感情的认真程度。但是，我必须再问他一次，我要彻底弄清楚。同时，我觉得K已经不再是我的伙伴了，他也不需要我的帮助了。我在街头无目的地溜达着，想着K可能正在自己的房间里安静地坐着，他的表情冷漠，声音依然沉稳不可动摇。以前他是我的朋友，但是现在他就是一个魔鬼，这么长时间以来，我不安、焦躁，不正是受着他的折磨吗？

那天我游荡到很晚才回家，K的房间一如往常般寂静无声。

38...

我回来后不久，便听到门口有车子停下的声音。那时的车还没有像现在这样的橡胶轮胎，所以噪声很大，发出轱辘轱辘的声响，老远就能听见。

肯定是夫人和小姐回来了。约莫半个小时后，女佣叫我吃饭。隔壁房间里堆的都是夫人和小姐拿回来的东西，也有刚换下的五颜六色的衣服，还没来得及收拾。可能是觉得回来有些晚了，着急准备晚饭，所以东西先堆着。

在餐桌上，夫人和小姐显得很兴奋，出门的确能带给女人很多新鲜的刺激。可是，我和K很沉默，夫人的亲切和热情完全没有感染到我。我很懒散地坐在餐桌旁，有一搭没一搭地应答着夫人和小姐，K的话更少。与夫人和小姐的兴奋劲儿比较起来，我们的落寞神情更明显了。夫人问我怎么了，我如实回答，说心情不好不想说话。小姐听了我的话又转过头去问K，K倒没有说心情不好，只是说自己不想说话。小姐追问他为什么不想说话，我很好奇K会怎样回答这个问题，于是抬起眼皮望了他一眼，K的嘴唇又开始像以前那样颤抖起来。在不了解真实情况的陌生人眼里，K好像是因为不知道该回答才颤抖，但小姐已经很熟悉K了，她笑着问K是不是在琢磨什么高深的问题，K的脸上竟然泛起了淡淡的红晕。

我只象征性地吃了一点儿晚餐，吃完就直接回到自己的房间躺下要睡。大概是惦记着我说的心情不好，夫人就跟了过来，她端了一碗荞麦汤，在我门前叫了几声，随即将隔壁的隔扇打开一条窄缝，一束亮光从K的房间传了过来。

K好像还没有睡觉，他正靠着枕头看书。夫人走了进来，她坐在我的枕头边看了看说："不会是感冒了吧，喝荞麦茶暖暖身子会好一些。"说着把碗送到我的嘴角。实在不好推脱，我只好喝了那碗浓稠的荞麦汤。

躺下后翻来覆去睡不着，脑子里一直围绕着白天的问题想，理不出头绪，毫无办法，但又无法从脑袋里驱赶出来不想。突然我很想知道K这会儿在他的房间里干什么。他房间里静悄悄的，难道他睡了？"嘿！"我朝K房间里喊了一声。"嗯！"他应了一声。K还没有睡，我又问他："还没睡吗？"他简单地说了一句："就要睡了。"后面再问他话时就没声了。大概过了五六分钟，我听见"哗啦"的声音，好像K在拉开橱柜。我又问几点了，他说一点二十。过了一会儿，听见"扑"的一声，K吹灭了油灯，房间一片漆黑，顿时寂静了下来。

我毫无睡意，睁着眼睛瞪着黑暗，K可能已经睡着了，或许没有睡着，我有意无意地喊了一声“喂！”K回应了一声，语调还和刚才的一样。现在可以跟他谈谈吗？我内心又斗争起来，可是大家都困了，他会听我说吗？但是，我实在想听到他的回复，于是，我试着问K，可不可以聊一下有关上午的话题，如果他回答可以，那我会毫不犹豫地拉开隔扇门坐在他面前聊，因为我不可能隔着门聊这件事情。但K并没有马上回答，过了几秒钟，他嘴里嘀咕了一句：“噢，这样啊！”他这是什么意思？我吃了一惊。

39...

K的回答模棱两可，接下来的第二天，第三天，他都保持着这种态度，就好像我那天晚上没有说过什么似的。看来要是夫人和小姐不出门，我是不可能再心平气和地提起这件事了。我虽然明白这个道理，内心又变得焦躁起来。刚开始时，我还在暗暗地准备着，等K先问起我。他一直不主动来问，结果最后我自己倒是下定了决心，只要机会来了我一定要跟他提。

我不时地留意着家里其他人的神情，如果K向夫人和小姐表白过，夫人和小姐的神情绝对与之前会有区别的，但据我观察，夫人和小姐的言谈举止与往日没有什么不一样的，这只能说明，K仅仅对我一个人表白了他的心思，没有或者还没来得及和关键人物小姐及小姐的监护人夫人说起这件事情。一想到这里，我心里多少有点儿踏实了。与其故意找机会提这件事情，不如等一个合适的时机，自然而然地提起问题。

说来简单做起来难，这种等待在我心里似乎遥遥无期，我的心像潮水一样起落，而K却一副按兵不动的样子。在我看来，他表面安静的样子有很多意味，他就是一个内外不一致的人。我观察夫人和小姐的言行举止，又疑惑她们的表情是否同她们的内心一致。装置在人们胸腔里的机器，会不会清楚得像戴在手上的手表指针一样，可以准确地读出刻盘上的数字？现在，你可以想想，我考虑一件事情总是将这件事情反复琢磨，从各个不同的角度考虑，之后才找出落脚点，好不容易平静下来。说得复杂些，也许这种时候根本不应该使用平静和落脚点这样的词。

过了几天，学校终于开学了。我和K又回到了一起出门的日子。表面上看来，我和K仍然很亲近，跟以前没什么两样。其实内心却发生了转变，我们各有各的打算。一个平常的放学日，和K走在回家的路上，我突然就开口问了他，他前几天的那番话只是对我一个人说了，还是对夫人和小姐也提起过了。我必须先问清楚这个问题，知道了这个答案我才能确定接下来要怎么做。K并没有看我，他边走边回答我说，还没有对夫人和小姐提起。跟我预测的一样，心头的一块石头放下了，我暗暗高兴。我相信K没有撒谎。在一些大是大非问题上，K比我看得更深刻，比我更有胆量，我自觉不如他。尽管，他的胆量大到欺骗养父三年之久，就为了学费，但我还是选择相信他，或许正因为此，我变得更加信任他，无论我内心是怎样疑虑重重，我还是不想否定他这个明确的回答。

我追着问他接下来打算怎么办？只是说说而已，还是打算有实际行动去向小姐直接表白呢？K没有出声，继续顺着坡向下走。我紧随其后，劝他不要隐瞒，也不要不好意思讲，想怎么办可以直接对我说。他看都没看我一眼，只说了一句："没必要对你隐瞒。"那么他到底要怎么做呢？他还是没有说。我不能再追着问了，K看起来不想再说什么了，大庭广众之下我也不便再逼问。

40...

专业课的老师要求我去查一些资料，说是下周上课时会用到。早晨到校后我就去了图书馆翻阅资料。阳光很好，透过图书馆的大玻璃窗洒了进来，我坐在一张长桌边，长桌沐浴在阳光里。我随手拿了几本国外的杂志在翻看。需要的资料真的不好找，我来来回回地在书架子上翻了好几次，最后才勉强找到一两本有用的。我坐下来仔细地查阅起来，这时忽然听到有人在小声喊我的名字。我抬头一看，原来是K。我刚进图书馆时没有看见他也在这里，大概他来得比较晚吧。因为图书馆里不能高声讲话，所以他俯下身，将脸尽量靠近我的耳朵，似乎要说什么事情。本来图书馆里两个人这样交头接耳司空见惯，没什么不正常的，但那天我感觉很别扭。

K压低嗓音问我在看什么书，我回答说老师让查找一些资料。可是他并没有就此打住坐回去，他低声说咱们出去走走吧。我说稍等一下，马上就好。K说我等你，然后他就在对面的空位置上坐下来等。我已经无心再看下去了，马上收拾好杂志和纸笔，直觉告诉我，K一定有事要说。

“看完了吗？”K平静地问。

“无所谓啦，下次再看吧。”我一边说着一边合上了杂志，起身准备去还。

收拾好东西后，我和K一起走出了图书馆。出了校门后，也没有别的地方可去，我们就从龙岗町一路走到了池塘尽头，那边有个上野公园倒是可以散步。我们并肩走着，K突然就开口了，他说起了那件事。哦，我就知道他一定是为了这件事情而约我出来的。但是他自己又不直接讲，而是漠然地问我是怎么想的。他这样问的意思就是想知道我是如何看待坠入情网的他，想知道我对他有什么意见和看法。说实话，我能看得出他与平常的不同表现，任何一个坠入恋爱中的人与以往的表现都是不同的，我以前也提醒过他，但他从来就不在乎别人对他自己的看法。如果相信这一点，就明白他是一个果敢的人，他丝毫不缺胆量和勇气。他同养父之间的那场风波，就是这种特点的反映，很久之前我就明白。K今天的一反常态，任是谁都能觉察得出来，没有什么难于判断的。

时隔多日他才来找我，我问他为何现在才来征求我的看法。K眼睛看向别处，语气稍微软了一些。他十分沮丧地说自己是个懦夫，内心对小姐极度迷恋，而又不知道该如何跟小姐表白，只好求助于我，希望我能给他指出方向。我盯着他问方向是什么意思，他说就是不知道该进还是该退。我进一步追问道，如果后退会怎么样呢？K一下子噎在那里了，他大概从没有想过这样做吧。他的神情看上去的确很痛苦。

如果K爱上的不是小姐，而是别的女性，需要我给出建议，我一定会给他一个最好、最完美的回答，就像将甘露洒于他那饥渴的脸上一样。我非常乐于去帮助别人，但K的这个问题除外。

41...

从现在开始，我将自己从精神上全副武装起来，如同一位异教门的比武者那样来窥测着K，我将自己全身的要害部位全部防护好，眼睛、心脏和一切器官都护得严严实实，以防止他的反攻。而K毫无防备地进入了我的战场，他的漏洞随处可见，他压根儿就处于无意识的战争状态，我从他手中接过他的要塞地图，从容不迫地打开查看。而K竟然没有意识到我是他的敌人，我的每一个举动都是冲着胜利而来。

我对自己的目标很清楚，那就是发现他的犹豫之处，找到他的理想与现实冲突之处，只消轻轻一击便能将他打倒，收复我原来的失地。

绝对不能掉以轻心，必须严肃起来，于是我眉头紧锁，摆出一副严肃的样子来，这当然是出于策略，其实我的内心与表情也是一样的紧张，现在想来那时的我真的好滑稽、好可耻，但那时已经顾不得这么多了。我首先对K说了一句："在精神上没有上进心的人，就是蠢材。"其实这句话是他自己说过的，去房州旅行时，他对我说过。现在，我用当初他的口气将这句话原封不动地还给他。我这样做的目的当然不是出于报复，我要收到比报复更残酷的回报。我知道他正在站在一个岔道口，一边是理想的征途，一边是爱情的大道，我必须用这句话截断他爱情的道路。

K出生在真宗寺，从小就深受教义影响，对于教义我是不太懂的，也自知没有资格谈论这种事情。但我略知真宗在男女关系上相对严格。K特别喜欢用"精尽"这个词，刚开始我以为这个词只是要求禁欲而已，后来弄清楚它的真义里包含着更为严峻的意思，我大吃一惊。K曾说过，他的人生第一信条就是：为道义牺牲一切。禁欲仅仅是最初级的要求，就算是禁欲的爱情对于他的道义来讲也是有所妨碍的，有损于他在道义之路上的修行。K与养父断绝关系自力更生之后，我经常听到他的这种见解。那时，我正在爱恋着小姐，肯定与他的观点不同，我们经常会争辩起来，我对他的这种观点当然不能同意，K便会流露出一种遗憾的神情，这种遗憾更多地包含着轻蔑，但是我心中有爱，无所谓啊。

所以，从K的道义的角度来讲，他现在应该算是“在精神上没有上进心的人”了，我用这句话来反驳他一定会深深刺痛他的心。但是我说出这句话来并不是要毁掉道义在他心目中的地位，相反，倒是希望他仍像以前一样继续坚持修行下去，完成自己的道义也罢，到达天堂也罢，这些都与我无关，我不打算关注。我只是希望他不要突然改变了方向，走上了另一条道路，而这条道路才与我有关，与我冲突。总之，我所说的话完全是从我的利益出发，你也可以说我是自私，怎么说我都行。

“在精神上没有上进心的人，就是蠢材。”那天我重复了好几次这句话，我要加大这句话在他内心的力量。

“蠢材，我就是蠢材。”K慢悠悠地说道。

他走着走着忽然停住了，低头看着脚下的土地。我心头一震，难道他打算放弃？他打算背离他的道义吗？打算什么也不顾吗？但是，我终于发现K的声音渐渐地小了下去，他耷拉着脑袋，慢慢地向前走着，连看我的勇气都没有。

42...

我和K继续向前走着，内心急切地等待着他接下来的话。我知道他的思想必然顺着我的话语向下走，我所说出的每句话都必须经过深思熟虑，即便说成我在暗算他也不过分。但是，毕竟我是受过一定教育的，如果有人恰好在这一刻站出来说“你太卑鄙了”，或许我会猛然良心发现，会停止这一切。如果那个站出来的人是K自己，我亦会停止。因为唯有他对我的责备最正直、最单纯。K是如此的善良而又单纯，我居然一时糊涂，忘记他所有的优点，反而想借此机会，利用他的这些特点反击他。

K缓缓地走着，他就跟在我后面。过了一会儿，他叫我的名字，我停了下来，回头看着他的眼睛，于是他也停了下来。K的个子比我高，我得稍微仰着头才能看清他的脸。K的眼睛非常清澈，而我感觉自己宛如一头狠心的狼，正在盯着无罪的小羊。

“别再提那个话题了。”他说。此刻，我看得出他的眼睛和表情都充满了极度的痛苦，我一时不知道该怎么说。“求你别再提那个话题了。”他又一次恳求我。我应该怎样回答他的恳求呢？经过短暂的停顿，我用最残忍的方式回答了他，就像凶狠的狼瞅准了机会一定要咬住羊的喉咙一样。

“为什么不提了？这本来就不是我提起的，是你自己前几天给我讲的啊。如果你真的不想再提起这件事情也可以，我们都不再提了，但如果只是口头上说不提了而实际上却并没有停止，或者心里却还在时时想着，这便不行。如果你要坚持自己的道义和主张那可得坚持到底。”

说完这番话后再看K，我忽然发觉他的高个头在我面前渐渐地萎缩了下去，变得越来越渺小了。我知道K是一个固执的人，他认定了的事情肯定会坚持到底的。同时，他也是一个极其坦率的人。如果在某件事情上受挫，或者被他人指责，他内心一定是不会平静的。看他现在的样子我多少有点儿满足了。过了一会儿，K忽然自言自语地冒出一个词“觉悟”，我刚想问他是什么意思时，他自己又加了一句：“觉悟，觉悟在任何时候都是有的。”没有前言后语的话真的令人费解，他好像在说着梦话。

我没有接话，K也没有再说，我们就这样停止了那个话题，一路走回家。虽然已经过了冬季最寒冷的时候，但还未到春暖花开之日，所以天气依然清冷，公园里因为寒冷而没有什么人。霜降之后的杉木林已经不那么苍翠了，茶褐色的树枝以各种形状冷峻地伸向昏暗的天空，让人感觉不寒而栗，我紧了紧身上的大衣，在暮色中和K一起穿过本乡台，越过对面山冈的小石川山谷。兴许是走了太多的路，身子终于开始感觉到一些暖意了。

我们两个走得都很快，一路无话，直至家门口。换好衣服和夫人小姐一起吃饭，夫人看着我们问怎么回来得这么晚。我说和K一起去上野公园走了一会儿。夫人露出一副惊讶的面孔，说那么晚你们还去啊。而坐在一旁的小姐却问上野公园里有什么好玩的，我回答她说那里什么都没有，我们只不过是散散步而已。K一直默默地吃着饭，头也不抬，不管夫人怎么问，小姐怎么对他笑，他都当看不见，连个起码的回应表情都没有，好像全部心思都在吃饭上，他很快扒拉完自己碗里的米饭，我还没有离开饭桌的时候，他就已经回到了自己房间。

43...

“觉醒”“新生”等等这类现代词语在那个年代还没有出现，但这并不代表过去的人们没有这种思想，并不代表过去的人们都是因循守旧。就拿K来说，他绝对不缺乏现代的新思想，他之所以不能抛弃陈旧的自我，走向新的道路，是因为他有自己无法割舍的过往，这个过往对他来讲太重要了，正是因为此，他才坚持活到了现在。

虽然他没有大胆地继续坚持自己的爱，但也不能说明他的爱半途而废或者不够彻底。无论正在经历多么炽烈的爱情，K的行动还是冷静的。但是，上天并没有给他冲动的机会，他不得不停下来，回顾自己的过往，照着过往给他的指示继续前进。而且K身上拥有一种现代人所缺少的倔强和坚持的性格，我自信我已经准确地窥测到了他的内心。

从上野公园回来的那天晚上，对我来说是一个相对比较平静的夜晚。K回到房间后我也跟着进来了，我并没有急于回自己的房间睡觉，而是坐在他的桌前，东拉西扯地和他聊了一会儿天。K似乎不想聊天，我觉得自己算是胜利了吧，所以语气中带着一丝得意，声音也比以往的响了一些。在火盆边暖了一会儿手之后，我回到自己房中。在几乎所有的事情上我都比不过K，唯独这件事情，我觉得自己战胜了他。

心情舒畅，人就会睡得很踏实。当我还在梦乡时，忽然被一阵叫声惊醒了。睁开眼睛一看，隔扇门被打开了，K正立在我的房间里，他有如一个巨大的黑影站在我面前。他的房间还亮着灯。一下子被惊醒后，我半晌说不出话来，只是呆呆地望着眼前的K和黑黢黢的房间。

“睡了吗？”黑暗中K问道。平时K比我睡得要晚些，我不知道现在是午夜还是什么时间。

“怎么啦？”我揉着眼睛问他，“你有什么事情？”

K回答说：“没什么要紧的事，刚刚去上厕所了，顺便问问你睡了没有。”他背对着灯光，我看不清他的脸，只听得出他的声音很低沉。

他倒的确没说什么，然后转身回他的房间，将隔扇门哗啦一声拉住了，我的房间重新又回到黑暗里。我本来就睡眼蒙眬，这会儿又闭上眼睛回到梦乡中去了，一夜安睡。第二天早上，我忽然回想起昨晚上K来我房间的事情，开始觉得奇怪，但又记不真切，也可能是做梦吧。吃饭时我特意问了K一遍，他说他的确打开了隔扇门，叫过我的名字。我问他：“当时是要说什么事情吗？”他又否认了，说：“没有什么事情，就是顺便问我睡了没有。”哦，也许是我多虑了。我接着吃饭，这时，K又凑到我跟前，莫名其妙地问了我一句：“昨天晚上睡得好吗？”什么意思？我直觉他有话要说，可他又不向我明说。

那天早上我们一起去学校，吃完早饭简单收拾好就出了门。我记着昨天晚上的事情，于是就不断问他，叫我到底有什么事情，可是K总是躲躲闪闪不肯正面回答或者回答得似是而非。最后，我试探地问道："关于那件事情，你难道就不想再说点儿什么了吗？"

"不要再提了。"K断然地拒绝了。

看来他并没有忘记自己昨天在上野公园里说的话，他的口气很坚定，仿佛在说"不是说过不要再提这件事了吗"！在这个问题上，K的自尊心很强。这使我不由得又联想到了"觉悟""决心"这种词汇。我的脑海里以前不曾出现过这样的词，然而最近却时时回荡在我的脑海里。

44...

果断是K性格中一个很明显的特点，但是，他在这件事情上显得有点儿优柔寡断。其原因我当然也非常清楚。作为他的好朋友，我既知道他的禀性，也能掌握他在特殊事件中所表现出来的特殊一面，为此我感觉很得意。但是当K嘴里所说的“决心”二字反复多次出现时，我还是有点儿不安起来，得意的神色也渐渐地退去，最后竟然动摇起来了。因为我感觉，也许这种情况是他的例外吧？这么一想我就又开始了之前的怀疑，说不定他把所有的疑虑、烦闷、懊恼都当成一种对付我的手段，而我却被这些表象迷惑了。

此时，我再用怀疑的眼光看K时，发现他说的“决心”其实另有其意。如果当时我在这种怀疑之下，再公平地思考一下他的“决心”，或许会好很多。可悲的是，我竟然没能好好地想想，只把K口中所说的“决心”简单地当成他一定要争取到小姐，我一心只想着他将自己的爱情进行到底。

与此同时，我的内心亦做出决定：必须要做一个了断。于是，我马上鼓起勇气，下了决心，一定要抢在K前面，要在K还没有动手之前将这件事情办妥。我静悄悄地等待着机会，这次我是不会再放过任何机会的。一连两三天过去了，我都没有找到合适的机会。我认为的合适机会是指K和小姐都不在家，只有我和夫人在家，这样我便可以向夫人当面提出我要娶小姐这件事情。然而，事情往往不凑巧，不是小姐和K都在，便是K不在小姐在，要么就是小姐不在K在。我只好耐心地等着，时间就这样一天天地拖了下去，怎么也找不到我需要的机会，太令人着急了。

大约一个星期过后，我终于忍不住了，必须自己制造机会。于是我躺在床上装病。夫人、小姐、K都过来催我起床，我躺在被窝里嗯嗯啊啊地说再躺一会儿，身子不舒服。直到十点钟，我估摸着小姐和K都上学去了，便从被窝里爬了起来。才起身，夫人便走了进来。她问我哪儿不舒服，要不要再躺一会儿，中午的时候她送饭到我房间里吃。我本来就是装病，也不想再睡了，就起身洗漱完毕，去了茶室吃饭。茶室里就我和夫人两个人，女佣出去买东西了。夫人坐在火盆对面帮我盛饭，我坐下后心里盘算着要怎么开口说这件事情。

吃完饭后，我并没有急着起身，而是点了一根烟。我没有离开，夫人也就不好意思先走。这时女佣刚好回来，夫人便叫女佣将吃剩的碗筷收拾了，自己则坐在一边给水壶重新添上水，又用毛巾擦火盆。她一直陪着我，我问夫人有没有什么要紧的事情，夫人说没什么急事要去办。接着她又反问我一句是不是有什么事情要说，我说确实有点儿事情想跟她谈谈，夫人望着我的脸问什么事情。夫人口气非常轻柔，轻到我都似乎有点儿听不见了。我又犹豫了，到底要不要现在就讲出来呢？

怎么办？我无可奈何地纠结在措辞上，我不知道该怎样引出这个话题，最后问夫人：“最近K没说过什么吗？”夫人脸上露出了疑难之色，她反问道："说什么？"还没等我回答这个问题，夫人又跟着问了我一句："他对你说过什么了吗？"

45...

我当然不愿意将K说过的话告诉夫人，便对夫人撒谎说没有，撒谎过后我又觉得不快，于是又补充了一句说："他没有说过什么关于自己的事情。"

"哦，这样啊。"夫人停了一下，似乎等着我继续说下文。

我一时不知道该说什么，忽然觉得何不趁此机会将自己的心事说出来，这难道不正是一个绝佳的机会吗？

"夫人，请将小姐嫁给我吧。"这句话说得太突然，以至于我说出口之后连自己都觉得很吃惊。夫人好像并没有我想象中那么惊诧，可一时也回答不出话来，静默了好长一会儿。我发现一旦开了口，顾虑好像就少了，我也变得不在乎什么了："夫人，请您一定要答应，将小姐许配给我吧。"因为夫人不说话，我慢慢地变得焦急起来，不由得接二连三地说了好几遍：“求您一定让小姐做我的妻子。”

夫人毕竟是上了年纪的长辈，她比我要平静得多。她看着我答道：“让她嫁给你不是不行，但你干吗这么着急呀？”

“请您原谅，我只是着急想早点儿娶到小姐。”听了我脱口而出的话后，夫人“噗”的一下子笑出声来，然后又问我：“那你准备好娶小姐了？”听夫人这么问，我立即坚定地说：“虽然我这样说很唐突，但这个想法并不是现在才有的，我已经考虑了很久。”

后面又谈了一些问题，我现在都记不起了。夫人虽是女人，但她的性格像男人一样爽快，在这个问题上也是这样的。她当即给了我一个痛快的回复：“好吧，我答应你，将小姐嫁给你。”然后又叮嘱了一番：“虽然我答应将小姐嫁给你，但是，你也看得出来，我们并不是什么阔绰的人家，请你娶她吧。我也不瞒你，小姐从小就没有父亲，她是个可怜的孩子，需要人好好地对待。”

夫人的话简单明了，而且很快就决定了下来。我们之间的谈话总共也没超过十五分钟。她自始至终都没有提什么条件和要求，而且说不必再去和亲戚商量了，等事情办完之后通知一声就可以了，甚至说不必去征求小姐本人的意思。我本来是个读书之人，听夫人这么一说反倒显得有些拘泥于形式了。

我提醒夫人说：“亲戚们可以暂时不必通知，但结婚这种事情还是应该先征求一下小姐本人的意见吧，小姐同意了才行。”

“没问题。小姐应该是同意的，要是她不同意我也不会强迫她的。”夫人回答。

与夫人谈完话后我回到房间里，真的想不到事情会办得这么顺利，以至于我心头总觉得怪怪的，有点儿不放心，是真的没问题吗？但是一想到的确也没什么不妥，便又放心了，这件大事情已经办了，未来的命运就这么定下来了，我很快要面临一种全新的生活，心情真的有点儿激动。

中午时分，不放心的我又去了茶室找夫人，我还是希望她能将今天的谈话告知小姐。夫人说：“只要小姐本人乐意，什么时间说都无所谓。”夫人是这么的豪爽，而我这个男子汉也不好再有什么要求了。我从茶室里出来准备回自己的房间去。夫人从后面叫住了我，她笑着说：“我知道你心里很焦急，想早点儿让小姐知道。你放心吧，今天放学后她练完琴回家我就告诉她。”我感激地回答说这样最好，说完就回了自己房间。

现在离小姐回家还有一段时间，我坐在桌子前打开书看，但是脑袋里不停地联想着夫人告诉小姐时的样子，一想到她们两个人说悄悄话的样子，不知怎么回事，我就有点儿坐卧不安。

反正也是坐不住，于是我戴上帽子出了门。我一个人溜达到坡下时正巧遇见了小姐，她刚练完琴，正往家里走。什么也不知道的小姐看见我时好像吓了一跳。我摘下帽子朝小姐打招呼：“刚上完课吗？”小姐没有直接回答我的问题，而是用奇怪的眼神看着我，问道：“你的病好了？”我支吾着回答：“嗯，好了，已经好了。”说完也没有停留，就慌张地朝水道桥那边拐了过去。

46...

小姐回到家后夫人肯定会告诉她的，为了避免尴尬，我就在外面四处溜达。我决定从猿乐町走到神保町大街，然后再拐向小川町。平时我也来这一带转悠，主要是逛一些旧书店。但是那天我站在书架前实在看不进去书，翻了几页又放回书架，只好继续走。我一边走一边琢磨着家里的情况，想着小姐到家了没有，夫人怎样跟小姐讲这件事情，总之，就像是这两件事情催促着我走路似的。有时，我会呆呆地走到街中央站着，恍惚地想着夫人应该正在给小姐说这件事情吧，过了一会儿，又想着大概已经讲完了吧。

就这样一路想着一路走着，不知不觉竟然走过了万世桥，走过了明神坡，来到了本乡台，继续恍惚着，又走下了菊坂，最后走下了小石川谷地。这一路走得可真不少啊，可以说是横跨了三个区，画了一个大大的椭圆形。这一路我想的全部是夫人和小姐，竟然完全没有想过K，现在回想起来当时的自己，我也说不清楚为什么，只是觉得难以想象。那个时候能将K完全忘记大概是出于紧张的缘故吧，无论如何，我还是不能原谅自己。

我终于走回到家，打开格子门，经过走廊，正准备穿过K的房间回我的房间时，猛然想起了K来，对K的良心就在那一瞬间又复活了。K正坐在桌前看书，与平常没有什么两样，看见我从外面回来了，他抬起头打招呼。但是，他并没有像平时那样说“刚回来吗？”却说了句：“病好了？去看医生了吗？”那一刻惭愧之情涌上心头，我真想跪在K的面前请求他的饶恕。如果只有我和K两个人在郊外，那我一定会受良心的驱使，毫不犹豫地向他请罪。可是，现在不行，隔壁还有夫人和小姐在，一想到此，我那自然的冲动便被生生地抑制了下去。更为可悲的是，那种内心的感觉再也没有恢复。我就这样平静地从K身边经过，悄悄地回到自己的房间里。

吃饭时间到了，我和K在饭桌上又见面了。此时，我猜夫人应该已经告诉小姐了吧，只有K完全蒙在鼓里。他坐在那儿一如往常地消沉，眼里没有丝毫的疑虑。夫人当然不明真相，她显得很高兴，只有我内心七上八下，这顿饭吃得没有一点儿滋味。小姐没和我们同桌吃饭，她一直在隔壁忙着什么。夫人每次催促让她来吃饭时，她只在隔壁答应着就来。K可能觉得有些奇怪，就问夫人："小姐为什么不来一起吃饭？"夫人说："可能是害羞吧。"说着夫人看了一眼我。摸不着头脑的K这时就更为奇怪了，他又问夫人："为什么会害羞呢？"夫人看了我一眼笑了笑，并没有回答。

其实，从我刚进饭厅看见夫人的表情那一刻起，就已经感觉出了事情进展得还算顺利。那么，只剩下最后一个难关了，那就是跟K说明。如何去跟K讲呢？夫人要是当着我的面跟K讲这件事情，我一定会很难堪的，但是依照夫人的性格，她要是想说也就说出来了，而我该如何面对K呢？此时的我真是如坐针毡。所幸的是K并没有继续再问，他又恢复了原先的沉默。而心直口快的夫人也收住了话题，我的担心和尴尬算是过去了。

终于松了一口气，吃完饭我就回到自己的房间。但是，这件事情不可能一直瞒着K，终究他是要知道的，我该如何向他解释呢？我不得不开始在心里编造理由为自己辩解。我知道这些理由说出来有些牵强，但不解释肯定是不行的。

47...

对K的愧疚和良心的不安一直在折磨着我，一直找不到合适的理由使我更加焦虑。就这样过了两三天，我心里老想着，如果不想个什么办法那就对不起K，而且夫人的样子和小姐的神情也在刺激着我必须赶快想个办法出来。性情爽快的夫人说不定会在什么时候将这件事情公之于众，最有可能的就是在饭桌上，我们四个人都在的时候她万一说出来怎么办？而且，小姐对我的态度和举动如果转变明显，K肯定会猜疑，会变得更加抑郁。种种可能性逼迫着我必须想个办法和理由，将我与小姐定亲的事情告诉K，但是一想到我对K所犯下的道德上的罪过，我就深感自己难以做到。

我实在没有办法去跟K直接讲这件事情，便想请夫人出面去告诉K，当然一定要选在我不在家时告诉他。但是转念一想，由我去告诉K，或者由夫人去告诉K，实质上都是一样的，只不过是直接和间接的区别，我的难堪是免不了的。如果让夫人编出一个什么理由去告诉K，那夫人就要追问我原因了。如实告诉夫人，那就等于向人家主动暴露自己的缺点，将阴暗面直接暴露在未来的爱人及岳母面前，这可不行。事关荣誉，我不容许自己在结婚之前就失信于自己的爱人，哪怕一丝一毫都不行。

总之，那时的我越想周全地解决问题，就越陷入了麻烦之中。本想走正直的路，却走了另外一条道，成了大滑头。我无法求助于他人，没有人知道其中的复杂，知道这件事情的，只有老天爷和我的心。

我终究要娶小姐，这件事情肯定也要通知K的，无论我的内心纠结到何种程度，娶小姐和通知K这两件事都需要办。当我决定和小姐成婚，那么势必要将此事公之于众，也要告诉K，到时我必然会面对窘境。如果我选择不对K讲，那我与小姐的事情就不能再继续，这个我当然不能接受。我被钳制在两难的中间地带，寸步难移。

这样焦虑地过了五六天，夫人突然问我，有没有将此事告诉K。我说还没有。夫人又追问我为什么还不说。这个问题正是我抑郁的症结所在，我当然回答不上来。直到今天我还格外清楚地记得夫人说的话：“哎呀，怎么还不告诉他呢？怪不得我说的时候，他的脸色不对。你应该早早告诉他一声，你们的关系不是一直都很好的吗？该告诉他就告诉他，不要遮遮掩掩的。”

听了夫人的嗔怪，我低着头连忙说：“好，好，我会告诉他的。”我又问夫人K当时说了些什么，夫人说K并没有多说什么。我问那K的表情呢？夫人本来也不想隐瞒什么，便一边说没什么要紧的，一边把K的情况说给我听。

从夫人的描述中我能推测出一个大概。夫人将我和小姐即将结婚的消息告诉K时，K听到后肯定是受到了打击，但是他克制住了自己的感情，只说了一声：“哦，是吗？”当夫人提醒说：“你应该为他们高兴才对。”这时K才望着夫人的脸，微笑着说了声：“那就恭喜了！”说完就走了。据夫人回忆说，K在回房间前还问了小姐和我的结婚日期，没等夫人回答，又说了一句：“我应该送他们贺礼，可是现在还没有钱，那就这样吧。”听夫人这么说，我的心头一阵难受，胸部好像被什么东西堵住了一样。

48…

算起来，夫人对K说过之后大约两天时间里，一切都正常。K对我的态度没有什么变化，他的习惯也没有什么异常。按道理讲，换作别人的话肯定有话要对我说，最起码自己也会有所行动。而K

所表现出的超然态度，就算是装出来的，也令我佩服。我暗暗地将自己和K作了比较，他比我要强大许多倍。

“胜在计谋，败在人格。”这句话不停地出现在我的脑海里。我是靠计谋取胜的，但是在人格上却输得一塌糊涂。K一定在心里瞧不起我，一想到此我就羞红了脸。事已至此，再让我去到K那里承认错误，那只能是自取其辱了，我的自尊心会受不了。

我的内心一直在斗争着，要不要去见K呢？每天从上午一直到下午，我没有心思去做其他事情，只能陷入对这个问题的无休止的思考中。算了，去也罢，不去也罢，等第二天再说吧。

然而，我万万没有料到，就在那个星期六的晚上，K自杀了。时至今日，那天晚上的情形还历历在目，每次提起都感到毛骨悚然。

我睡觉一向头朝东，那天晚上没缘由地想头朝西睡觉，于是我将枕头挪了个方向，头冲西睡了。西边正好对着我和K房间的隔扇门，我甚至可以在躺下的时候用手拉开隔扇门。大约在半夜时分，枕边吹来一股寒风，我忽然醒来了，睁开眼睛时，发现K和我屋子之间一向关得很紧的隔扇门竟然是打开的，但K并没有过来，他房间里的油灯还亮着。这是怎么回事呢？我用胳膊撑起身子，使劲儿朝K房间里窥望。昏暗的灯光下，我发现K的床铺有些凌乱，他好像正俯身趴着。

“喂！”我朝他喊了一声，没有任何回答。“喂！你怎么啦？”我又喊了一声，但K依然没有动。他到底怎么啦，我只好起身走到隔扇门边，打量了一下他的房间。

不祥的感觉瞬间笼罩了我，就如同那天K突然向我倾诉自己的爱情时差不多。当我看到他的房间时，眼球有如被某种强大的东西吸住了似的不能转动。我几乎要迈不动脚步了，像一根柱子一样杵在那儿。仿佛一阵疾风掠过我的胸膛，我的脑子也呆滞了，一切都完了。一道黑色的光瞬间闪过，从过去一直射向未来，将我的一生照得十分凄凉，我的身子禁不住抖动起来。

尽管如此，我还是没有忘记自己，不知道从哪儿来的力量促使我跑到桌子边，那里放着一封信。正如我所猜测的，信封上写着我的名字。我发了疯似的拆开信封，但信中并没有提到我所预料的事情。我以为他会在信中痛骂我的无耻，揭露我的卑鄙行径，如果夫人和小姐看了这封信她们一定会看不起我的。我一目十行地浏览了一遍，那些我担心的内容统统都没有，只字未提。我得救了。这是我首先想到的。（当然得救的是我的面子，对我来说面子在那时候非常重要。）

信的内容并不多，很简单，有些抽象。他说自己意志力薄弱、行为怯懦，实在对前途不抱希望，所以选择自杀；然后说他要感谢我的帮助和照顾，并请求我简单地料理一下他的后事；同时也提到了夫人，他让我代他向夫人表示歉意，住在这里给夫人添麻烦了，心里很过意不去；另外请我将他的死讯告知他的故乡。总之，所有重要的事情都轻描淡写地在信里提到了，唯独只字未提小姐。我感觉得到，K是在故意回避。在信的末尾处，K又加了一句：“其实我早就应该死，不知为何却活到了今天。”这句话深深地刺痛了我的心。

我颤抖着将信纸按原来的样子重新叠好，塞回信封里。我不想让别人知道我事先拆开信看过了，所以将信摆在原来的位置上。然后我胆战心惊地转过身来，这时候才发现飞溅在隔扇门上的斑斑血迹。

49...

我慢慢地靠近俯卧着的K，然后蹲下，突然伸出双手抱住K的头，将他的头扶起来，我想看一看K死后的面容。但是当我从下面仰视K那俯伏的脸时，胳膊一下子就软了。或许是因为恐惧，或许是K的头太重的缘故，我的手松了，碰到了他冰冷的耳朵和浓密的头发。我有些害怕，但没有哭。这种害怕并不只是因为眼前的情景刺激官能所产生的恐惧，而是摸到好朋友冰冷的尸体时，突然生出了对命运无常的恐惧。

我恍惚地起身，僵硬地走回自己房间，然后在这八张席大的屋子里踱来踱去。我已经失去了任何思考的能力，大概是头脑里的无意识驱动着我不停地走来走去。我觉得必须做点儿什么，但又不知道该做点儿什么。我就像一只被关在笼子里的熊一样，只能这样来来去去地走着。

要不要去叫醒夫人，我犹豫了一下，女人看到这种情景会不会害怕呢？算了，现在还不能去叫她们，夫人可能不害怕，但绝对不能惊吓到小姐。小姐需要我保护，这样的意识压制着我，于是我又开始来来回回地在房间里绕圈。

房间里太暗了，我一边点灯，一边不停地看时钟。人生第一次，我觉得时间太难熬了，简直像要耗尽整个一生去等待。我记不清具体时间，只知道应该离天亮不远了。我一边焦急地绕着圈子，一边等待着黎明的到来，内心里不停地想着：难道这黑夜永无尽头了？

学校每天是八点上课，所以我早晨习惯于七点起床，再晚就要迟到。女佣因为要准备早点，所以六点过一点儿就起床了。但是那天还不到六点我就去叫女佣。夫人可能听见我的脚步声惊醒了，她提醒说今天是星期天。我站在夫人门外说道："如果您醒了的话，请到我的房间来一下。"不一会儿，夫人在睡衣外面直接披了一件外褂就跟着我来了。我一进屋立即将刚才还开着的隔扇门关上了，小声告诉夫人说："出大事情了。"夫人忙问："怎么了？"我扬了扬下巴指着K的房间说："夫人，您别怕。"也许感觉到事态严重，夫人脸色发白。我继续说道："夫人，K自杀了。"

听到这句话，夫人一下子靠住墙瘫在那儿了，她望着我的脸半天说不出话来。这时，我忽然跪倒在夫人脚下，低垂着头说："对不起，都是我的错，我对不起您，对不起小姐！"在见到夫人之前，我根本没想到要这样做。但是见到夫人后，我不由自主地脱口而出。这些话本该对K说，可是一直开不了口，如今竟对着夫人请罪。我并没有刻意要这样，完全是不由自主。内心深处的本能撬开了我的嘴，引领着我对夫人说出这番忏悔的话。夫人并没有理解我说这番话的深意。她面色苍白地安慰我："出了这样的事情谁也想不到啊！"我看得出，惊慌和恐惧正深深地控制着夫人的全身神经，她的面容如雕塑般僵硬。

50...

虽然我觉得很对不起夫人，但还是起身走进屋里，拉开那扇刚才被我关起的隔扇门。K房间的油灯快没油了，光线很暗。我走进自己的房间里，点着放在桌子上的灯，光线亮起来时我将灯移到K的房间里，我就站在入口处，看着夫人。夫人躲在我身后，就着灯光朝K的房间看了看，她并没有要进去的意思，停了一会儿，然后让我去打开窗户。

夫人真不愧为军人的遗孀，很快地就恢复了冷静，开始有条不紊地安排事情。她命令我去请医生，然后去通知附近的警察局。她说在手续没有办完前，任何人都不要进入K的房间。

医生和警察都来过了，认定K是自杀。他用一把小刀割断了脖子下面的颈动脉，一下子就死了，没有任何其他的伤痕。这时我才想起，那晚就着昏黄的油灯看见的隔扇上的血迹，是从他的颈部喷射出来的。白天光线很亮，我就着光线又看了一眼隔扇上的血迹，依然清晰，我惊骇人类的血液怎么会有那么大的爆发力。

我和夫人开始清扫K的房间。他流的血大部分都给被褥吸收了，除了席子上沾上一些外，其他地方都没有，所以清理起来还算轻松。我和夫人将K的尸骸抬到我的房间，让他像平常睡觉的样子平躺着，然后我就出去给K的老家发了一份电报。

发完电报回家，K的枕边已经点起了线香，一进屋就能闻到佛堂里的那种阵阵香火味。透过缭绕的烟雾，我看见夫人和小姐正在里屋坐着，小姐显然哭了，她的眼睛红红的，从昨晚到现在，我还是第一次见到小姐。因为事发突然，我一直都忘记了哭，这会儿看见夫人和小姐都双目垂泪，我不禁悲从中来。这种悲伤多少也能宽慰人心。我那颗被痛苦和恐怖紧紧揪住的心，因为悲伤而获得了一滴滋润的甘露。

我默默地坐在夫人和小姐身旁，夫人看见我进来，将线香递给我，我上过香后默默地坐下来。小姐并没有和我说话，甚至都没有看我一眼，她只是偶尔同夫人说一些眼下的事情，我还没有机会对她讲一些K生前之事。尽管如此，我还是认为昨晚没让小姐看见那可怕的情景是正确的，小姐是个年轻美丽的姑娘，给她看那些可怕的景象会破坏她那特有的美丽。即使再恐惧、再可怕我也宁愿一个人承受，不让小姐受到一丝一毫的影响。这种想法里笼罩着一种郁闷，这种郁闷和不快就仿佛一朵娇艳的鲜花无端地遭到鞭打一般。

没过几天，K的父亲和兄弟从乡下也赶来了，我将他们带去了K位于杂司谷的墓地。就墓地的选择我对他们也做了解释。K很喜欢那儿。过去我们两个经常一块儿去杂司谷附近散步。我记得有一次我们还半开玩笑地约定说："既然你那么喜欢，那死后就埋在这里吧。"现在，我按照事先的约定将他埋葬在杂司谷，也算一件功德吧。与此同时，我也下定了决心，只要我还活着，每个月必来杂司谷K的墓前忏悔。大概是觉得K生前由我照顾了一段时间的缘故吧，已经同K断绝关系的父亲和兄弟听从了我的意见。

51...

自从这件事情发生之后，许多人都问过我K为什么要自杀。K的葬礼之前问，K的葬礼之后问。先是夫人和小姐问我，后来是朋友问，再后来是K老家来的父亲兄弟和亲戚们问，甚至还有与他毫不相干的新闻记者们问。他们的每一次发问都深深地刺痛我心，我总感觉他们并不是在向我提问题，而是在审判我，让我交代自己就是杀人凶手。

就在送葬回来的路上，K的一位朋友还问我K为什么要自杀？

我重复了一遍K留给我的遗书，我对所有人的提问都用这一个答案，此外一句话也不多说。K的这位朋友从怀里取出一份报纸递给我，上面有一篇关于K自杀的报道。我一边走一边看，他给我指出了几处重要的地方，上面写着："K的自杀与他的家庭有关，他几年前便被父兄从家里撵了出来，与家庭断绝关系的他从此产生了厌世念头……"我没有说话，将报纸重新叠好，还给那位朋友。他又说其他报纸也登出了K的死讯，但是分析的死亡原因不同，那些记者们说K是因为精神错乱而自杀的。那些日子我的确很忙，顾不上读报纸，所以报纸上都说了些什么我一点儿也不知道。但是，当我知道记者们猜测K自杀的多种原因后，我最担心的不是别的，而是报纸上登出给家里人找麻烦的新闻来，特别是不能牵连到小姐，哪怕是提一下小姐的名字我都会难受。我又问那位朋友，关于K的去世，报纸上还登了什么消息，那位朋友说他暂时只看到这两种说法。

K自杀后，夫人和小姐忌讳那所房子，而我每夜都会想到K而无法入睡，我们商量了之后，就决定搬家了，就搬到了现在的这所房子。

搬家后大约两个月，我就顺利地大学毕业了。之后过了半年，我就与小姐结婚了。表面上看来，一切都风平浪静，和预想的一样顺利，夫人和小姐似乎都很幸福，我也很幸福。但是，在我的幸福背后始终像跟着一道黑影，我极不愿意想到K，然而他又时常出现在我的回忆里。我常常在想，我现在的幸福会不会最终成为将我命运推向悲惨的导火索呢？

结婚之后不久，小姐——已经不是小姐了，我称呼她为妻子——有一次不知是想到了什么，她提议说我们两个人一起去给K扫墓吧。听妻子这样一说，我吃了一惊，问她怎么忽然间想起给K扫墓了？她说我们两个人一起去看K，他一定会高兴的。而那时只要提起K的名字，我的内心就会默默地说上几遍“对不起！”我从没有想到妻子会要求和我一起去K的墓前。

我答应了妻子的要求，带着她一起去了杂司谷给K扫墓。那天，我在K的新墓上洒了一些水，妻子在坟前供上了线香和鲜花。我们低头合掌，妻子在坟前低头述说了我和她是怎么走到一起的，又告诉K说我们两个已经结婚了。而我低头不语，内心一遍又一遍地对K说着“对不起！对不起，都是我的错”！

祭拜完之后，妻子又摸了摸新的墓碑，夸赞说是这个墓碑很气派。其实也没什么，那个墓碑是我专门去石料店里选购和定做的，妻子知道我为此花了好久才搞定，所以才这么说的。我站在一旁，看着那座新墓和我的新婚妻子，再想想深埋于泥土之下的K，相比之下，内心怎能不感到命运的讥讽与挖苦。那次祭拜之后，我再也没有带妻子来杂司谷祭拜了。

52...

对K的愧疚之心一直无法释怀，我的自责心一天也未曾消除，这也正是我所害怕的，甚至我同妻子的结婚典礼也是在这种惶惑中举行的。我无法预料自己的未来，总以为同妻子结婚之后进入新生活心情就会好起来。然而，实际情况并非如此。同自己喜欢的人结婚之后，我们变成了朝夕相处的夫妻，以前那些无力的希望在严酷的现实面前支离破碎了。在和妻相对时，我会突然感到K好像就在旁边，妻子仿佛就站在我和K之间，她成了我和K之间无处不在的连接。我对妻子没有任何不满，只是每次在一起时都会有这种感觉，于是，渐渐地我总想避开她。

妻子很快就觉察到了我的这种反常，但是，她不明白原委，所以她常常会盘问我，为什么老是这样提不起精神？是不是有什么不开心的事情？我又不可能说出原因来，就每次都笑一下应付过去。

但有时她会很生气，一直追问我是不是开始讨厌她啦，说如果真讨厌了可以提出来，也可以离婚。每次她这么说时我都很难受。

偶尔我也会想，干脆直接向妻子说了，将事情原原本本全部告诉她得了。但是，一到关键时刻，要向她倾吐时，就会感到一股力量死死地扯住我不让我说出来。与你相处这么久，我想你是能够理解我的感受的，也没有必要再解释什么了，但是，有一些话我必须要对你讲，还是讲一下为好。

我很爱妻子，那时候，我丝毫不想对妻子隐瞒什么。如果我用对K的那颗善良之心，对妻子说出忏悔之话，她一定会高兴地流泪，并且一定会原谅我的，这一点我敢肯定。而我之所以没有对妻子讲出那些话，并不是觉得说出来对我不好，妻子会看不起我，我只是不忍心给妻子的回忆里留下污点，所以才没有那么做。在纯洁的东西上不小心洒上一滴墨水是我无法容忍的，我要保持她的绝对完美。

就这样，一年的时光很快就过去了，我仍然无法忘记K，每次一想到他便惴惴不安。为了赶走这种不安的心情，我决定将自己埋在书堆中。我拿出前所未有的劲头开始用功研究图书，然后静静等待着真相大白的那天。但是，凭空设定一个目标，又异想天开地期盼着那个目标早日达成，这分明就是谎言，分明就是海市蜃楼，这更增添了我的烦恼。最终，我还是不能将自己埋进书堆里，又开始满怀希望地向这个世界眺望。

妻子察觉出我的心情变化，她好像看到了希望，心里多少可以放松一些了。妻子家里原本有一些财产的，母女二人即使赋闲在家也可以维持原来的生活。我自己的景况也不是非要找一份工作才能生活下去。家里不愁吃穿用度，于是我就放纵自己不去找工作了。当然，我不出去做事的主要原因并不在此。当年被叔叔欺骗的时候，我就彻底明白了人是不可信赖的，人性要多丑恶就有多丑恶。后来与K相识后，我又意识到，不管他人如何，我本人应该保持高尚。但是，当我意识到自己亲手毁了K的幸福时，我感觉自己不过是同叔叔一样的人罢了，这种感觉令我惶惶然。一向厌恶别人的我，终于也开始厌恶起自己来。

53...

我最终没能按设想全身心投入学习中，后来，我又尝试着沉浸在美酒中，以忘却自己。我本来不嗜酒，但要是喝起来的话也能喝许多，所以经常借着酒精的力量麻醉自己的心灵。我没有别的更好的办法，只能靠这种方式获得暂时的解脱，喝酒使我很快变得更加厌世。在喝到烂醉如泥的状态时，我突然间发现自己用这种方式来寻求解脱，只能让自己变成一个装疯卖傻的大笨蛋。于是，我战栗了，接着，我的眼睛、灵魂随着身体的战栗一起苏醒过来了。有时候，无论我怎样用酒精麻醉自己都进入不了那种疯癫的状态中，连佯狂的神态也装不出来，只是越喝越清醒，就索性消沉下去。耍这些小伎俩换来一点愉快之后，一定会产生阴郁这样的副作用。我的这种状态怎么也躲不过自己心爱的妻子和她母亲的眼睛，她们用她们自己的立场来试图理解我。

妻子的母亲经常会责怪妻子，说她没有尽心照顾好我，而妻子总是替我隐瞒着。有时，妻子也会忍不住，私下里责备我几句。虽然是责备，语气却很委婉，我也并没有反驳她。妻子也说过，如果是对她有什么不满就说出来，不用顾虑什么，又忠告我为了自己的未来不要再喝酒了。有时候，妻子会哭着对我说："你简直变了一个人，跟以前的你完全不一样。"她这样说我倒无所谓，但她又说："要是K还活着，你肯定不会是现在这个样子。"我回答她："也许吧。"我回答的意思绝对不是妻子理解的意思，所以我心里更加悲痛。尽管如此，我还是不想对妻子解释什么。

有时喝酒喝得烂醉，第二天早上才回家，回家后我会向妻子道歉，妻子有时会笑笑，有时会沉默不说话，有时也会默默地一个人流泪。无论怎样，我都是不快乐的，向妻子道歉实际上也是在向我自己道歉。最后，我戒酒了，与其说是因为妻子的不停劝告，倒不如说是自己实在对喝酒没有感觉了更为恰当些。

戒酒之后，我找不到想做的事情，没办法，只好重新又读起了书。读书也是随意翻翻，天马行空式地浏览，从来不会深度阅读任何一本书。妻子见我读书便问为什么又用功了，我只好报之以苦笑。我没办法解释，这个世界上我最爱的一个人都不能理解自己，一想到此不免会悲从中来。我很寂寞，却没有勇气克服。我常常会觉得自己与这个世界远远地分隔开来了，另一边是热闹的世界，这一边却只有自己孤单着。

与此同时，我从未停止过对K死因的思考。K自杀时，我整天沉浸在爱情里，脑子被爱情所支配，那时的看法和想法都特别简单又直接。所以当时我认为K是因为失恋而自杀的。但是随着时间的推移，再回头看看当时的情形，便发觉事情并不是那么简单，自己不能这么轻率地下结论。现实与理想的冲突——即使这样的解释，仍不可完全相信。后来我开始疑惑，K极有可能是像我一样太过孤单，无依无靠，所以才决定自杀的。想到这儿，我开始战栗起来。原来我寻寻觅觅，最终还是踉跄地走上了和K一样的路啊。这种预感像寒流一样，扑面而来，来不及躲闪，直接穿过我的胸膛。

54...

没过多久，妻子的母亲生病了，卧床不起，医生诊断说是不治之症。我尽心尽力地照顾病床上的母亲，这不仅是为了病人本人，也是为了我深爱着的妻子，往更高意义上说，终归还是为了人。以前我曾想过要做一些事情，可是终究什么都没做成，变成了一个与世隔绝的人，到现在也没什么心思，只能袖手旁观了。如今母亲病了，我才觉得我似乎可以做点儿什么有意义的好事情了，也就是从这个时候起，可以说我是受一种赎罪的心情所支配。

母亲去世后，家里就剩下我和妻子了。妻子对我说，从此之后她只剩下我可以依靠了。妻子的话不由得让我伤心。我是一个连自己都不能信赖的人，怎么能给妻子强有力的依靠呢。望着她眼泪汪汪的脸，心里想着也许妻子真的嫁错了人，她本该过上幸福的生活，嫁给我却变成一个不幸的女子。这样想着嘴上却脱口说了出来。妻子问为什么要这么说？她不明白我的意思，我也不能给她解释。她哭了。我知道自己现在的性格很乖僻，不近人情。我也恨自己现在竟然对妻子讲出这么残忍的话来。

我尽量温柔地对待妻子，让她不感觉到孤单。这不光是因为对妻子的爱，还包含有抛开了个人温情之外更为广阔的背景。照顾病中的母亲时，我那颗冰冷的心渐渐跳动起来了，妻子也感觉到了，她的眉头也有些舒展。但是，她最终还是无法理解我，那满意之中仍然不时流露出淡淡的疑云。我不在意妻子对我的理解有多少。相对于更伟大的人道立场上的爱来，女人会更高兴接受那种偏离了些许人道，只有自己被关注的爱情，简单地说，女人更喜欢男人专注于对自己的爱。即使这多少有些不近情理，但女人的天性就是这样的。

有一次，妻子问我难道男人的心不应该和女人的心靠得更近一些吗？我不知道该怎么回答就随便应了一声：“可能年轻的时候是在一起的吧。”听我这么说，妻子发出一声轻轻的叹息，她仿佛在回忆我们以前的生活。

自那时起，我心中就不时地闪现出一个可怕的影子，起初是偶然从外面袭来的。我感到非常害怕，非常惊恐。没过多久，这个可怕的闪影竟然出现在我心里，我不知道是什么时候出现的，大概是打我一出生就有的吧。它一直潜伏于我内心深处，现在变得越来越强大，越来越想要驾驭我。我曾一度怀疑自己是不是得了什么精神上的疾病，可又不想请医生来看，也不想告诉任何人，包括妻子。

我开始深深地感受到人本身的罪恶。这种罪恶感驱使着我每月去杂司谷的墓地，为K扫墓。也正是这份罪恶感驱动着我去照顾重病的母亲，命令我对妻子一定要温存。因为这种罪恶感，我竟然莫名地想请陌生的路人鞭挞自己。这种罪恶感一直在慢慢地持续着，后来，我又觉得与其让别人鞭挞自己，还不如自己狠狠地鞭挞自己，或者也不用鞭挞自己了，干脆自己将自己杀死，这样来得更彻底。我拿自己没有办法，只好决心把自己当作死人，像死人一样活着，行尸走肉。

从下定决心的那天起，到如今，已经过了好多年了吧。我和妻子仍然像以前那样相敬如宾。我们并不是不幸，相反，我们过得很幸福。这些年来，只有一点遗憾，那就是妻子的神情中时常显得很暗淡，有些抑郁。一想到此，我就觉得对不起妻子。

55...

我是抱着已死的心活着的人，常常会因为外界的一些刺激而忽然激奋起来。当我决心寻找一个出口冲出束缚的时候，却会感觉到一股不知从哪儿钻出来的可怕力量使劲地将我按回去，它狠狠地纠缠住我的心，将我困于原地动弹不得。那股力量仿佛在命令着我："你是个没资格做任何事情的人。"这句话像一根大木棒将我敲晕在地。当我清醒过来再做挣扎努力、企图重新振作起来时，它又一次上来紧紧勒住我。我咬紧牙关怒吼着："为什么总是纠缠我？"那股神奇的力量朝我狞笑着："你自己心里清楚。"我又颓败了下来。

表面上，我的生活风平浪静。请你想象一下，在这种生活的隐蔽之处，我的内心一直在持续着这样的痛苦战争。在妻子感到懊恼之前，这种懊恼已经不知被我重复了多少次。我的心一直被死死地关在牢笼里，当我不能忍受这种困境决心冲出去时却一次又一次被按了回去，无论如何都出不去了。最终，我发现我唯一不费力就能办到的事情就是自杀。也许你会很生气地问为什么。因为一直捆绑我的那股神奇、可怕的力量，虽然困住了我的心，堵住了我的一切出路，不让我有任何活动，却单单给了我走上死亡之路的自由。如果一个人可以原地不动，什么也不做，那就好了，但是只要我动一点点，那就只有走上这条路了。

到今天为止，我已经有两三次在命运的指引之下，差点走向极乐世界。然而总是割舍不下爱妻，我没有勇气带她一起离开，我连向她坦白的勇气都没有，夺走她的生命，让她做我的命运的牺牲品，这更是我不可能办到的，想都不可以想。每个人都有自己的命运，我有我的宿命，妻有妻的轮回，我们的命运不可能绑在一起走到尽头，硬要一起去火殓，这样只能使我痛苦不堪。

我无法想象自己死后，妻子会是怎样的境况，她肯定会很孤单、很痛苦。记得妻子的母亲去世后，妻子曾经说过，从此之后她只剩下我可以依靠了。想起这句话真叫人肝肠寸断。我总是犹豫着，望着妻子忙碌的背影，我也曾想过要不就这么苟且地活着吧，但是转身一个人时我又陷入那种绝望的被死死捆绑住的状态。

请你记住，我就是这样活下来的。在镰仓和你相遇时，以及我们在东京的那些日子里，我都是这样的，没有什么大的变化。无论我走到哪里，身后始终拖着一条长长的黑影，它紧紧跟随着我，一步都不曾离开，我不可能甩脱它。我活在这世上似乎只是为了妻子，因为她才延续了我的生命。你毕业回家时也是如此。我记得跟我要离开深爱着的妻子了。所幸的是，我死后，她没有生活上的担忧，这个我就放心了。我不想让她看到残酷和惊恐的场面，不想让她看到我的血。我要在她觉察不到的时候悄悄地离开这个世界。我希望妻子以为我是猝死，或者是其他精神失常而死，那样会好一些。

做出自杀的决定，已经有十来天了，这其中大部分时间都是在给你写这封长长的书信。最开始时，我想等你回东京后亲自告诉你，但写着写着觉得这样交代似乎更能清楚地表达，更能完整地将自己展现出来，心情也更加平静。我并非醉心于写作，只是觉得把我过去的一生，作为经验的一部分，不加掩饰地记录下来，对你，对其他人，都不会是徒劳。

前几天，我听到一个故事，是关于渡边华山的。他本来早就做好了死的打算，但为了画好邯郸这幅画，将自己的生命延后了一个星期。在一般人眼里，他这样做纯属多余，但他自己有自己的打算，他对自己有要求，那是他非做不可的事。而我所付出的努力，也不仅仅是为了兑现曾经对你的承诺，大部分原因还是因为我自己也想这么做。

现在好啦，我终于完成自己的目标了，没有任何事情可以做了。当你读到这封信时，大概我已经离开这个世界很久了吧。妻子十天前去了市谷，她的婶婶生病了，没有人照顾，我劝她去照顾婶婶。这封长信就是她不在家时写的。她偶尔会回来取些生活必需品，那时我就赶紧将信藏起来。

我将自己的过去，连同善恶，一起写出来供大家参考。但是，我有一个要求，我不想让深爱着的妻子看到这些内容，我希望自己在她心里一直美好地存在。这是我唯一的希望。所以，我死之后，只要妻子还活着，请你一定把我告诉你的一切当作秘密一样，先保存在你心里。